Xiron Poetry Club

磨 铁 读 诗 会

On Writing

关于写作

布考斯基书信集

〔美〕查尔斯·布考斯基 著

〔美〕阿贝尔·德布瑞托 编选

里所 译

中国友谊出版公司

|目录|

编者前言

如实再现布考斯基海量的配有插图和涂鸦的书信，几乎不可能实现，并且他 1945—1954 年间的通信都是手写的——非常巧合，这正好是布考斯基不光彩的"10 年痛饮期"。他曾说过那段时间什么都没写，这种带有误导性的话让人觉得那些手稿好像都遗失了——很难有效地展示它们。不过，一些特别的信以传真的形式保存了下来，因此我们得以如布考斯基有意设计的那样欣赏到它们。

鉴于布考斯基对标点的使用非常准确，充其量是他的拼写有些古怪，并且他拼写的问题已经获得了普遍的接受，所以为了更好地保持布考斯基这些珍贵书信的原貌，我们只做了尽可能少的编校。在这本书信集里，我们悄悄地修正了一些他无意为之的拼写错误，对于那些他为了表达自己的声音而故意使用的拼写错误，我们都没做修改。与此同时，因为所有信件的称呼和结语都大体相同，本书均做了省略。布考斯基是一个勤奋的写信者，他有不少信都写得很长，对于那些无关写作的内容，都用［……］做了代替。布考斯基喜欢用大写字母表示一切强调[1]，在本书里，我们用斜体表示书名，" "

1　中文译本里用黑体表示强调。（全书的页下注均为译注。）

里的内容则代表诗歌和短篇小说的标题[1]。写作日期和信的抬头也都进行了统一处理。除了上述编辑修改外，这些信都保持了布考斯基写下它们时的模样。

阿贝尔·德布瑞托

1　中文译本里书名、作品名和杂志名都统一使用了书名号。

— 1945 —

哈莉·伯内特是《小说》杂志的联合主编，1944年，布考斯基第一次发表作品就是发在了《小说》上。

致哈莉·伯内特
1945年10月末

我收到了你关于《惠特曼的诗歌和散文》的退稿函，以及你们审稿员轻松友好的评论和意见。

听起来挺不错的。

请问你那儿还需要审稿员吗？如果需要的话请告诉我。我四处碰壁，找不到工作，只好来你这儿也试一下。

$-$ 1946 $-$

致凯亚瑟·克罗斯比

1946年10月9日

I KEPT WONDERING ABOUT PORTFOLIO.

I WROTE DIVERS CONTUMELIOUS NOTES, LOOKING UP FRENCH WORDS IN THE BACK OF MY DICTIONAIRY. I WANTED A COPY OF PORTFOLIO, WITH MY STORY IN IT. I HAD THE CRAZY BLUES, THE SUICIDAL MANIA, THE WINE DREAMS. I NEEDED A SPIRITUAL LIFT. I WAS ENTHUSASTIC IN MY DEMANDS. AFTER SEVERAL INTERCHANGES, I GOT IT (PORTFOLIO)

I AM NOW WORKING IN A TOOL WAREHOUSE —

7210

AND DRINKING —

YET I KEEP WONDERING. WHERE ARE THOSE STORIES AND
SKETCHES I SENT HER IN MARCH 1946? IS SHE
ANGRY? IS THIS HER REVENGE? DID SHE BURN MY
THINGS? DID SHE MAKE THE PAGES INTO PAPER BOATS
FOR THE BATHTUB? OR DOES HENRY MILLER SLEEP WITH
THEM UNDER HIS MATRESS?

I CAN WAIT NO LONGER.
IF I RECEIVE NO ANSWER, I'LL HAVE MY ANSWER.

TRULY,
Charles Bukowski
603 N. 17TH. ST.
PHILA, 30, PA.

亲爱的克罗斯比夫人，我之前在相框厂工作。得知你要了我的一篇小说时，我在喝酒。你在信里说那个小说"令人费解且意义深远"。我丢了工作，父亲给我买了身新衣服把我送到了费城。我靠社会保险生活，有了更多时间思考和喝酒。

我还是对《作品选集》感到很疑惑。我曾写过好多封傲慢无礼的信，在我的字典后面查找法语单词。我想要一本发表了我小说的《作品选集》：我有疯狂的忧郁、自毁的狂躁、醉醺醺的梦。我需要精神生活，我对自己的需求极富热情。几轮下来，我终于得到了它。

如今我在仓库工作，还在喝酒。

我依然疑惑不安，1946年3月我寄去的那些小说和画都怎么样了？她生气了吗？她这是在报复我吗？她烧了我的作品吗？她把那些稿纸叠成纸船扔进浴缸了吗？或者，亨利·米勒把它们垫在床垫下面睡觉吗？

我等不下去了。

假如还是得不到回复，我自会想办法解决。

致凯亚瑟·克罗斯比
1946年11月

　　再次写信给你是想告诉你我特别高兴收到了你的信和那张漂亮的照片——"罗马1946"。至于那些丢失的手稿——该死的——反正它们也不够好——也许除了我在洛杉矶父母家混吃等死时写的那点粗暴的文字，但也都只是些小玩意儿：我是一个诗人，等等。

　　我依旧喝得晕晕乎乎——没有打字机了，再一次这样，哈哈，只能用墨水手写。我把三篇很一般的小说和四首不怎么好的诗扔给了《矩阵》，《矩阵》是一本相当老派的费城"小杂志"。

　　我不能搭顺风车去华盛顿和你见面，因为我是个太容易胆怯紧张的人，我怕我随时都会崩溃。不过不管怎么说，还是特别感谢你，你对我真的太好了，真的。

　　也许我很快就能发点新作品给你，但现在肯定不行，现在我什么都没有。

– **1947** –

致惠特·伯内特
1947年4月27日

　　谢谢你的来信。

　　我现在写不了小说——我一点动力都没有，尽管我也想过，也许哪天我真会试试。它的名字应该叫《该死的杂役》，是一个关于底层劳动者、工厂、城市、勇气、丑陋、醉酒的故事。假如现在我就开始写，就算勉强完成，它也毫无可取之处。我必须等到被什么真正地激发起来才行。另外，我现在个人烦恼太多，照镜子时都觉得自己快没有人形了，更别说去写一本书。但你对我的小说感兴趣，我还是挺高兴和惊讶的。

　　目前我也没有其他钢笔素描啦，《矩阵》要走了我仅有的一张。

　　这个世界几乎已经要了小查尔斯的命了，惠特，我很窘迫，快顾不上当个作家。但是收到你的来信真的太他妈棒了。

— 1953 —

致凯亚瑟·克罗斯比

1953年8月7日

Hello Mrs. Crosby:

Saw in book review (never really read one, but) your name, "Pail Press."

Now printed me sometime back in "Portfolio", one of the earliest (1946 or so?). Well, one time come into town off long drunk, forced to live with parents during feeble climc. Thing is, parents read story ("20 TANKS FROM KASSADOWN") and burnt whole damn "Portfolio". Now, no longer have copy. Only piece missing from my few published works. If you have an extra copy ????? (and I don't see why in the hell you ~~should hav~~ have) it would do me a lot of good if you would ship it to me.

I don't write so much now, I'm getting on to 33, pot-belly and creeping dementia. Sold my typewriter to go on a drunk 6 or 7 years ago and haven't gotten enough non-alcoholic $ to buy another. Now print my occasionals out by hand and paint them up with drawings (like any other madman). Sometimes I just throw the stories away and hang the drawings up in the bathroom (sometimes on the roller).

Hope you have "20 TANKS". Would apprec.

Love,

Charles Bukowski

268 4/6 S. Coronado St.

Los Angeles, Calif.

(268 4/6 S. CORONADO ST.)

我在达伊尔出版社的书评上（虽然我从没读完过任何一本书评）看到了你的名字。

你曾把我的作品发表在最早一期的《作品选集》上，大约是在1946年吧。嗯，那段时间我糟透了，经常长醉不醒，不得不和我父母生活在一起。事情是这样，我父母读了那个故事（《来自卡塞尔顿的20辆坦克》），然后他们烧掉了整本该死的《作品选集》。现在，我自己也没有那篇小说了，在我为数不多的出版过的作品里，唯独这个小说稿找不到了。不知道你那里还有没有？（当然我也想不出你有什么理由要保留它）如果你还有的话，如果你能寄给我，那可真是太好了。

现在我写得很少，而且马上就33岁啦，还有了啤酒肚，行动迟缓像个白痴。自从我卖了打字机，就这么持续狂喝了六七年，到现在为止，除了买酒的钱，我也没有多余的钱再去买台新打字机。现在我只能偶尔手写点东西，再瞎画几笔（和别的疯子没什么两样），有时我随手就扔了那些小说，把那些画挂在浴室（有时是裹在厕纸上）。

真希望你那里还有《20辆坦克》，谢。

致贾德森·克鲁斯
1953年底

你发来了全美国唯一令人高兴的拒稿信。在看了那些不错的照片之后，收到你这个消息，挺好的！你真是一个特别好的人，我宁愿这么去想。

我对你们上一期《裸耳》印象深刻，可以说，它的活力和艺术性都比上一期《凯尼恩评论》要强很多。这当然是因为你在发表你打心底里想发表的东西，而不仅仅是发表那些所谓正确的东西。保持这个姿态！

昨天我见了珍妮特·克瑙夫。她见过你。我带她去了赛马场。

致贾德森·克鲁斯

1953年11月4日

老实说，那些诗稿，你想留多久就保留多久吧。因为就算你再寄回来，我也只会随手把它们扔得远远的。

除了最上面几首是新作，其余的都被《诗歌》杂志和一个叫《胚胎》的新刊物拒绝过，他们给了一些赞许和鼓励的话，但他们并不认为我写的那些东西就是诗。我明白他们的意思。那些观点虽然很有道理，但我无法违背自己的标准，我也不能那样做。我对诗歌其实没什么兴趣，我不知道自己对什么有兴趣。我想我也不傻，所谓真正的诗歌是僵死的诗歌，尽管它们看上去很像那么回事儿。

你喜欢的话，就留着我那些稿子吧。你是唯一对它们有兴趣的人。如果写了新的，我再寄给你。

— 1954 —

致惠特 · 伯内特

1954年6月10日

6 - 10 -54

Dear Mr. Burnett:

    Please note change of address (323½ N. Westmoreland Ave L.A, 4.), if you are holding any more of my weird masterpieces.

rejected by Esquire

This piece is an expanded version of a short sketch I sent you some time ago. I guess it's too sexy for publication. I don't know exactly what it means. I just got to playing around with it and it ran away with me. I think Sherwood Anderson would enjoy it but he can't read it.
      — Mr. Bukowski

我换了地址（323-1/2，北威斯特摩兰大街，洛杉矶4区），如果你手里压着不少我的酒鬼杰作的话，请备注一下。

被《绅士》拒绝的这张画，是我以前寄给你那张的一个扩展版，我想可能是因为它太风骚，所以不适合发表吧。我自己也不太清楚它有什么含义。我只是情不自禁就那么画了，仿佛是画自己引导我去画的。我想舍伍德·安德森[1]会喜欢它，遗憾的是他看不到了。

1　舍伍德·安德森（Sherwood Anderson），美国作家，1876年出生，1941年去世。代表作品有《小城畸人》《马与人》等。

致惠特·伯内特
1954年8月25日

　　在一封几个月前从史密斯城寄来的信里，我很遗憾地得知《小说》杂志已经停刊了。

　　就在那时我还寄去过另一篇小说《强奸犯的故事》，不过没有得到回复，应该也和停刊这事有关系吧？

　　我会永远记得那本橘红色的老杂志，带着白色的腰封。不知为什么，我总有这么一种想法，我可以写任何我想写的东西，并且，只要我写得还不错的话，我就能在它上面发表。我从来没有动过去试试别的杂志的念头，特别是在当下，每个人都太害怕冒犯别人，或者很害怕去说反对他人的话——诚实作家的处境简直糟糕透顶。我的意思是说，你坐下来想写点什么，然后其实你知道你写的东西毫无价值。很多勇气都从这个时代消失了，很多决心、清澈的东西，还有很多有艺术性的东西都消失了。

　　在我看来，所有东西都和二战一起见鬼去了。不单单是艺术，就连雪茄的味道也大不如从前。还有玉米粉蒸肉、辣椒、咖啡。很多东西都是用塑料做的。萝卜吃起来也没那么脆了。你剥一个鸡蛋，毫无疑问，总是很难脱壳。猪排都太肥，颜色也鲜艳得吓人。人们除了不断买新车，好像也没有其他什么好买的。那就是他们的生活：四个轮子的生活。每个城市都要在晚上关掉 1/3 的街灯，为的是节约用电。警察像疯了一样到处贴罚单，酒鬼会被狠狠地罚掉一大笔钱，但所有人都喝得烂醉，没人会仅仅只喝一小杯。你还得用皮带拴好你的狗，还得给你的狗接种疫苗。就算你去钓个小银鱼，你还得办捕鱼许可证。漫画书也被认为对孩子有害。根本不懂什么是拳击的男人，坐在轮椅里观看拳击比赛，当他们不同意一项决议时，他们只会给报社写一些卑劣的吵吵嚷嚷的举报信，去发泄他们的不满。

就短篇小说而言呢，也是空洞无物：没有生活。[……]

《小说》对我来说意味着很多。我想目睹它的离去，就是这个世界的常态，并且我很好奇下一个要消失的是什么。

记得我曾经一个月会写 15 或 20 篇小说，或者更多，写了寄给你；后来，每周或多或少，会有三五篇作品。从新奥尔良、弗里斯克、迈阿密、洛杉矶、费城、圣路易斯，还有亚特兰大、格林尼治村和休斯敦，从其他任何地方，我把稿子寄给你。

在新奥尔良的那些夏日夜晚，我时常坐在一扇敞开的窗户前，一边望着楼下的街景，一边敲着打字机。后来在弗里斯克，我卖掉了打字机，继续酗酒。我无法停止思考，也无法不去喝酒，那几年我只好把我的废话用墨水手写下来。再后来，我给那些废话配了点插图，也寄给了你。

好吧，现在他们让我别再喝酒，我有了新打字机。我也有了一个还像那么回事儿的工作，不过我不确定能干多久。我很虚弱，容易生病，还常常容易神经紧张，我想我可能到处都短路了，不过正因为这样，我觉得自己又很想继续打字，敲打键盘，写下一行行文字，写下一个个舞台和场景，让笔下的人物开口说话、走来走去、关门开门。可是现在，《小说》杂志却没有了。

但我还是想谢谢你，伯内特，因为你一直都在耐心忍受我。我知道我以前大多数时候都非常糟糕。但那都是些宝贵的日子，那些停驻于第四大街16号438的时光。可此刻，和所有逝去的事物一样，那些雪茄和酒，那只弦月中的斜眼黑雀，都消失了。悲痛浓得化不开啊。再见啦，再见。

致凯亚瑟·克罗斯比
1954年12月9日

大约在一年前，我收到你从意大利寄来的信（是对我之前信件的回复）。谢谢你一直记得我，当时你的信或多或少让我振作了一些。

你还在做出版吗？如果还在做的话，我有东西想寄给你看看；如果可以，我想问你要个邮寄地址：我现在没有你的工作通联了。

我又恢复写作啦，虽然写得不多。《腔调》杂志的沙特克说，他觉得不会有哪家出版社愿意出我的作品，不过他说，也可能某天大众的趣味就能跟得上我了。哦，天哪！

去年你随信给我寄了几页意大利语的什么东西，你错把我当作受过教育的人了，我根本读不懂它们。我都算不上是一个艺术家——在某种程度上，我就是个混子——我的很多作品都令人作呕，甚至是我全部的作品。但当我看到别人写的那些东西的时候，我就想继续写。不然我还能做什么呢？

这项杂役包含其他琐碎的工作。我讨厌它。但有生以来，我终于第一次同时有两双鞋了（我喜欢在去看赛马时打扮一下——像个真正的马迷那样）。过去五年里，我都和一个比我大10岁的女人生活在一起，不过我已经完全适应了她，我也懒得去寻找新生活或者打破什么。

　　请告诉我你们编辑部的地址，如果你还在做出版的话。再一次感谢你竟然还好心地记得我并给我写信。

— **1955** —

致惠特·伯内特

谢谢你把我那些旧小说寄回来了，也谢谢你夹在里面的信。

我现在好一点了，尽管我差点死在总医院的慈善病房里。那儿实在太可怕了，如果别人以前也这么说过的话，那他们可真没说谎。我在那里住了九天，每天都要付高达 14.24 美元的医药费，真够慈善的！我写了一个与此有关的小说，叫《啤酒，葡萄酒，伏特加，威士忌；葡萄酒，葡萄酒，葡萄酒》，然后把它寄给了《腔调》，不过他们又给我退回来了，说什么："……真够脏的。不过，也许有一天，大众就能接受你了。"

唉，我并不希望被大众接受！

在你的信里，你说你们从没发过我的东西。那顺便问一下，不知道你有 1944 年 3—4 月那期《小说》吗？

嗯，我已经 34 岁了。如果到 60 岁我还一事无成的话，我就再多给自己 10 年时间。

– **1956** –

> 《致卡尔·桑德伯格》这首诗依然没有发表；《一个可以过夜的地方》在被双日出版社删掉一些章节后，还是被拒了。

致卡尔·伊利·哈珀
1956年11月13日

　　你提到的那些诗歌都还没发表过——不过我手头没有备份，之前也完全没想起来去要回它们。但你能接受《致卡尔·桑德伯格》我还是特别高兴，这首诗完全是写给自己的，我没想过任何人会有勇气去发表它。

　　我已经36岁了（我出生于1920年8月16日），第一次发表东西（一个短篇小说）是在1944年，在惠特·伯内特主编的《小说》杂志上。同年，我也在《矩阵》的第3期或第4期上发了一些小说和诗歌，还有一篇小说发在了《作品选集》上。不过你也知道，现在这几个杂志都倒闭了。哦，对了，还有一篇小说和一组诗发在了一个叫《写作》的刊物上，它也只出版了一两期就停刊了。那之后的七八年里我都写得很少、很少，我彻底成了一个酒鬼，最终吐血如泉涌，差点带着满身的针眼死在医院的慈善病房里。在连续输了七品脱血之后，我活了下来。我不再是原来的那个我了，但我重新恢复了写作。

　　昨天我收到希尔斯夫人从西班牙寄来的信，她告诉我《堂吉诃德》杂志已经接受了我的一首诗。另外，下期《丑角》也会发表我的一些小说和诗。《丑角》是一个新杂志，创刊的时候在得克萨斯，现在杂志社搬到了洛杉矶，他们邀请我加入，做些编辑工作，我答应了。这是一段很不错的经历，我有不少感悟：有太多作家在写着根本不值得写的东西，他们不厌其烦地写着那些陈词滥调，那些19世纪90年代的老套剧情；或者乐此不疲地写着赞美春天和爱情的诗歌；还有人仅仅因为用俚语或碎片化的词语写作，或者在作品中使用一堆小写的"is"，或者，或者，或者!!!就想当然地觉得自己的诗歌很时髦很现代。好吧，你是知道的，我无法加入《实验》团队了，但你能邀请我，我还是感到很荣幸。根本的原因是——就像你在焦虑崩溃时感觉到的那样——我没有那么多时间——我有一份琐碎的、累人的、薪酬不高的、一周需要工作44小时的工作，另外每周有四个晚上我都打算去夜校，每次要上两小时课，可能课后还得花一两个小时做作业。接下来两年，如果我能坚持住的话，我都要去上商业艺术专业的课（这个课时是夜校规定的）。除此之外，我刚刚写了一个小说的开头，这个小说叫《一个可以过夜的地方》。我几乎是在滔滔不绝地和你说这些，所以如果我最终也没有给你寄去一些一分钟短剧本的话，你知道那是有原因的。然而，以我对自己的了解，我可能还是会尝试写一点寄给你。不过，恐怕那种剧本很难激起我的热情，到时候再看吧。

— 1958 —

致《游牧者》的编辑们
1958年9月

　　我很高兴你们发现了四首喜欢的诗。这真是一个非常可观的数目，是一剂能让我兴奋很久的强心剂。要么是诗歌界向我打开了门，要么是我变得开放了，更或者是我们同时变得开阔起来。不管怎样，这都是件好事，我必须允许自己好好高兴一会儿。[……]

　　作为一个刚开始发表诗歌的人，我确实有点显得年纪太大了：上个月，8 月 16 日我已经 38 岁了，但我看上去比这还要更显老。在将近 10 年的创作空白期之后，这两年我才开始写诗。我想我以前有点自讨苦吃吧，时常很不开心，偶尔也还凑合。我不是那种把荒废的时日完全看作是浪费的人——每件事都自有它的深意，即便是在失败里面——不过从慈善病房的床上死里逃生还是给了我很大的震动，给了我慢下来去反思的机会。我发现自己开始写诗了：真他妈不容易啊。早年我是写小说的，得到过威廉·萨洛扬和其他几个作家伯乐的鼓励，也得到过原来那本著名的《小说》杂志的创办者惠特·伯内特的不少鼓励，最后惠特发表了我的一个作品——我那时通常每个月都给他寄去 15 到 20 篇小说，当稿子被退回来时，我就撕掉它们——退回到 1944 年，那时候我很酷，充满热情，而且才 24 岁，我在《矩阵》上发表了三四篇小说，在另外一本叫《作品选集》的国际刊物上也发过一篇，但那之后我就几乎把一切都抛到脑后了，直到这几年我才重新回到正轨，开始专心写诗。刚开始，也没什么人买我的账，后来才渐渐开始在《堂吉诃德》《丑角》《存在咏叹调》《裸耳》《贝洛伊特诗歌杂志》《灵车》《途径》《指南针评论》《水银》等刊物上发表诗歌（这也是我们今天能认识的原因）。未来我还有作品会在以下报刊上发表：《插页》《堂吉诃德》《胚胎》《奥利温特》《实验》《灵车》《观点》《强制评论》《海岸线》《绞架》《旧金山评论》。明年早些时候，《灵车》会为我做一个诗歌小册子，叫《花，拳头，兽性的哀号》……我曾就读于洛杉矶城市学院，上过新闻学的课，不过我现在离报纸最近的时候，也无非就是每周有那么两三天偶尔会浏览一下某个报纸，而且我也没有多大兴趣。大约在一年前，我重回夜校，学了一点艺术和商业之类的课程，不过对我来说它们太滞后、太一本正经了。我这个人没什么天赋，也没什么技能，我能活到今天，真是个天大的奇迹。大概就是这些——你们可以从这些话里面选几句有用的使用。

— 1959 —

致安东尼·林尼克

1959年3月6日

[……] 不得不说我们的很多诗人，诚实的诗人们，都得承认自己并没有宣言。要承认这些会很痛苦，不过诗歌艺术自身就带有力量，诗歌不需要被拆解成批评性的清单。我并不是说一定要不管不顾放纵地去写诗，我也不认为诗歌的修辞就应该像一个小丑朝着深渊呐喊那样做作。但是一首好诗之所以让人觉得它很好，是有原因的。我知道新批评和新新批评，我知道蓝吉他思想学派，受帕里斯·里利影响的英语学派，史诗和火焰深度意象派，等等等等，所有这些都建立在形式、规矩和方法之上，而非从内容出发，尽管我们不可避免要受到一些所谓的限制，但从根本上说，只能为艺术而艺术，要么是艺术，要么不是艺术。它要么是一首诗，要么是一块奶酪。

布考斯基的《宣言：呼唤我们自己的批评家》发表在《游牧者》1960年第5、6期上。

致安东尼·林尼克
1959年4月2日

　　[……] 写这些的时候，我想说昨天（我感觉是昨天）发给你的那篇《宣言》现在正困扰着我。尽管手边没有手稿，但我确信里面有个短语"别妨碍我们公平"（leave us be fair）错了。这让我独自躺在闷热的屋子里（此刻妓女们都跟别的傻瓜玩去了）难以入睡。我想"让我们是公平的"（let us be fair）应该更准确一点。你说呢？你们《游牧者》编辑部有语法专家吗？我年轻的时候（啊哈，时光流转啊！），在亲爱的老洛杉矶城市学院，第一学期的英语课我只得到一个D，因为每天早晨7点半我都只是在宿醉之后去那门课上晃一下，其实也不是因为我醉得太厉害，而是那节课开始得太早，7点就开始了。而且，我经常受到吉尔伯特和苏利文的致命抨击。第二学期的英语课，我得到了A或B，因为那个老师是个女人，我总是忍不住去看她的腿。说这么多我想表达的是，我真的没在语法上花过特别的精力，而我的创

作也仅仅是出于对文字和颜色的热爱，就像在画布上自由地涂抹一幅抽象画，就像经常用耳朵去听，还有随便读点东西。大体上来说我还是可以的，但是真要从技术上去较真，我真不知道到底是怎么回事，也可以说我压根就不在乎。让我们是公平的。让我们是公平的。让我们……

致安东尼·林尼克
1959年4月22日

[……] 我还是应该加快步调，好赢得第一场比赛。谢谢你为了减轻我因语法问题所受的打击，提到你好几个大学同学都在句子结构方面有很多困惑。我相信不少作家都遭遇过这样的命运，主要是因为从内心深处他们反抗一切，而语法规则和这世界上的其他所有规则一样，需要的是从众心理和认同感，天生不做作的作家都本能地非常憎恶这一点，说得明白点，他们的兴趣主要在寻求主题和精神的更大可能性上。海明威、舍伍德·安德森、格特鲁德·斯坦因[1]、萨洛扬是少数几位可以去改造规则的人，特别是在标点、句子流和断句方面。詹姆斯·乔伊斯就更不用说了，他走得更远。我们喜欢的是颜色、形状、意义、魄力……这些能刻画出灵魂的东西。我不受语法约束，不代表我就是一个文盲，我反对的是还没有做好准备就急于发表和成名的人，他们如此鲁莽地想证明自己，反而无法对这个时代发出有效的声音，我要承担起这个任务。当然，《凯尼恩评论》学派在这方面比我们要有优势，尽管他们做到了极致，但他们的创造性已经变得平淡而无效。

---

1 格特鲁德·斯坦因（1874—1946），美国作家、诗人、理论家、剧作家、收藏家。被誉为海明威的导师，"迷惘的一代"的发言人和引路人，后现代主义的先行者。

> 詹姆斯·博伊尔·梅是《追踪》的主编，此杂志发表了一些布考斯基书信的片段。

致詹姆斯·博伊尔·梅
1959年6月初

　　[……] 对于那些觉得我有什么心理问题的人来说，我想那是因为他们对我的诗歌倾向有误解。我的作品不是谨慎构思的结果，往往是源于偶然和对文字盲目的构想，是一个更为流动的观念，我这样做是希望能找到一条更加新颖生动的写作之路。我的写作时常非常私人化，但我仅仅是为了可以优雅而热情地跳舞。

威廉·诺贝尔在《追踪》第 32 期上批评了布考斯基发表在《游牧者》杂志第 1 期上的四首诗。

致安东尼·林尼克
1959年7月15日

　　我现在要私下和你说说诺贝尔那个贱人在《追踪》第 32 期上干的好事。凭什么他这个混蛋、他这个从供奉着圣像的大厅里走出来的保守派、他这个写回旋诗的拾人牙慧者、无用的百合花蕊，凭什么像他这样的卑鄙无耻之人，能自以为是地把自己当成一个精通文学的批评家？我真忍受不了要和他发生一场纯理论辩论。我需要一些强效消毒剂。

　　这个领域被各种文学杂志弄得热火朝天，充斥着泥沼和尿盆，他们就只想保持一成不变的堕落。他们是斯诺第教徒吗？还是一群娘娘腔和豢养金鱼、金丝雀的老奶奶？为什么这些保守派就不能安于自己的命运呢？为什么非要用他们黄色扭曲的灵魂来折磨我们？他们神性的鬼影简直抓住我不放。我当然一点儿都他妈不关心他们在那些杂志上到底印了什么：我不会为现代诗去他们那里乞讨施舍的。但他们却总跑过来找我们吵架，这是为什么？因为他们呼吸到生活真实的气息却又无法忍受它，他们想把我们拖进让他们变得愚蠢的泡沫和唾液里——那种陈腐的充斥着自然神论的 19 世纪 90 年代的诗歌。

诺贝尔先生认为我说"喜欢爱抚贫乳"是无礼和色情的。没有什么是不色情的，尽管有些事情看似没那么无礼。这对于生活和诗歌来说都是一个悲剧，这些平胸，我们这些生活着并书写着生活的人，必须意识到如果我们滥用自己的感觉，我们也会忽视罗马的坍塌，忽视癌症，或者忽视肖邦的钢琴曲。到头来呢，当空气中充满紫色的闪电，当山川大张着嘴在咆哮，当巨大的火箭只能坠入无尽的地狱，"和上帝玩骰子"就成了我们唯一的最后的游戏啦。

我如此反感诺贝尔先生的批评，可能显得有点不分青红皂白，但他对我的打扰看起来也很肆无忌惮，这恰恰证明了以自我为中心的无处不在。我也做过满是传统诗歌的传统杂志，但我没有售卖它们，"来吧，冲我来吧！"我笑着想，我总算降落到敌人的阵营里面，玩他们的女人，玩着那些平胸或者不怎么平的胸，然后悄悄地走开，不留痕迹，不受束缚，我依然贪婪地保持着天性，像头公鹿，咆哮着，充满独创性。我想这就是诺贝尔先生所说的，他说"布考斯基很有天分"。他可真是太好心了。而我呢，我喜欢不那么平的大胸。

致詹姆斯·博伊尔·梅

1959年12月13日

　　有天晚上一个编辑和一个作家（《船帆评论》的编辑斯坦利·麦克纳伊尔和阿尔瓦罗·卡尔多纳－海恩）忽然来到我家，他们发现我当时正处在一片混乱之中。但这真不是我的问题，他们的来访就像一颗忽然爆炸的氢弹，毫无预警。我现在想说的问题是，作家已经成了可以不用事先通知就能随意搜查的公共财物了吗？难道作家作为一个纳税人不理应保留点他的隐私权吗？难道一个艺术家想从这个将要快速崩溃的世界中逃离出去，有什么不可吗？还是说他这么想已经过时了？

　　我不觉得远离那些致幻的宗派和水蛭兄弟会，就是迂腐和卑微的，因为就是它们支配着我们当下那些所谓的先锋出版物。

　　……嗯，那个编辑至少和我喝了一瓶啤酒，但那个作家不愿喝——所以我代表我们俩在喝。我们讨论了维隆、兰波和波德莱尔的《恶之花》（是个看起来非常法式的夜晚，因为我的两位客人在提到波德莱尔的作品时，小心翼翼地说着那些法语书名）。我们也聊到了詹姆斯·博伊尔·梅、赫德利、波茨、卡尔多纳－海恩和查尔斯·布考斯基。我们相互反驳、中伤、绕圈子，最后编辑和作家疲惫地起身告辞，我说很高兴认识他们，我说谎了。这些跟班和寄生菌，鸡尾酒狂人和窥视癖，启明星的微光逐渐暗去。他们走后，我又开了一瓶啤酒，边喝边抨击现代美国出版行业的放荡……如果这就是写作，如果这就是诗，我倒要问问：通过 20 年的写作，我赚到了 47 美金，我想难道一年 2 美金（还不算邮票、纸、信封、丝带、离婚和打字机的钱）的收入，还不能让我有权保持这种精神错乱的状态吗？如果我真要拉着纸神的手去创作一点下流的诗文，我愿意把自己包裹起来，享受被拒绝的状态。

致詹姆斯·博伊尔·梅

1959年12月29日

[……] 对我来说，唯一重要的就是诗歌，是诗歌这种纯粹的艺术，为此，我时常站在与世隔绝的立场。至于我本性如何，或者我出入过多少拘留所、病房、高堂、宴会，或者我躲过了多少标榜孤独之心的诗歌朗诵会，此刻都不重要了。一个人在白纸上写下的东西，自会证明他的灵魂，自会证明他有没有灵魂。比起生活在缭绕着薰衣草香气的房间里，我在圣塔安妮塔马场或醉倒在香蕉树下时，能看得到更多诗意，这都取决于我自己，时间将证明哪种环境才是合适的。那些愚蠢且平庸的二流编辑，只知道担心他们的印刷费，只知道为杂志的订阅量大惊小怪，他们影响不了我。如果有的年轻人一心想着去赚 100 万，那么到处就都是名利场，约翰·迪林杰[1]的孤孀唾手可得。

不希望有朝一日我们发现迪林杰们的诗写得比我们还好，但愿到时候我们也不会觉得《凯尼恩评论》上说的竟然都是对的。现在，在香蕉树下，在昔日盘旋着老鹰的地方，我看到了麻雀，它们的歌声对我来说还不算太苦。

---

1 约翰·迪林杰（John Dillinger）是美国经济大萧条时期的黑帮老大，生于 1903 年，1934 年被美国联邦调查局击毙。此处意指他的孤孀很有钱。

$-$ **1960** $-$

致詹姆斯·博伊尔·梅
1960年1月2日

[……] 是的，受年轻人影响的"小家伙"们都没什么责任心（他们大多数是这样的），往往还带着学生气的冲动，极度渴望从每件事里面得到点好处，开始时总有一堆炙热又泛泛的观点，写些长篇大论的拒稿信，但慢慢激情就会褪去，最后，大量的稿件都被他们堆在沙发后或橱柜里，很多稿件就这样丢失了，也永远不会得到回音。然后呢，在他们结婚之前，编选出来的几乎都是东拼西凑、粗制滥造的诗作，然后就从这个行业里消失不见了，留下一些诸如"缺少支持"的借口。缺少支持？他们究竟想得到谁的支持？除了把自己伪装起来，躲在艺术的表层之下，他们到底还做过什么？他们就只会想出一个杂志的名字，让他们的杂志登记上市，再等着两三百个可恶的诗人给他们投稿，这是一批在哪哪都会出现的诗人，他们自以为能代表美国诗歌，他们如此自信，仅仅是因为一些22岁的愚蠢编辑，手拿小鼓和皱巴巴的50美金，接受了他们最差的作品。

致盖伊·欧文

"保守主义者"也有可能出版好的诗歌。有那么多所谓"现代"的诗都带有一种坚硬的贝壳一样的喧嚣，那些没有什么背景和感受的年轻人就写着这样的诗（看看《灵车》杂志）。任何学校都有一些伪诗人，一些压根算不上诗人的人。不过他们最终都消失了，因为生活的压力把他们卷进了别的事情里。大多数诗人都很年轻，因为他们还没有被生活困住。告诉我你认识哪位老诗人吗？我会告诉你，他们多半要么是疯子要么是大师。我想，画家们也是这样吧。对此我稍微有一点迟疑，尽管我也画画，但那终归不是我的领域。但我猜情况是相似的。我想起我最后上班的那个地方，有一个年迈的法国清洁工，他是一个做兼职的清洁工，背已经弯了，喜欢喝酒。我发现他在画画，他画的是一个数学公式，一种关于生活的哲学运算。他会在画画之前，先写出这个公式。他说起过他与毕加索的对话，当时我忍不住笑了起来。我们就是那样的，一个打包员和一个清洁工在那里讨论着有关美学的理论，与此同时那些比我们多赚 10 倍薪水的人们，正迷失于忙着在树枝上采摘腐烂的水果。对于美国式的生活来说，这该怎么说呢？

致乔恩·E. 韦伯
1960年8月29日

[……] 如果你需要我的简介……你可以从下面这堆废话里筛选。生于 1920 年 8 月 16 日，出生在德国的安德纳赫[1]，一句德语都不会说，英语也很差。编辑们说，别找理由了布考斯基，你无法正确地拼写和打字，你必须反复用那些该死的打印机色带。好吧，他们不知道的是，那条色带已经缠住我的脐带，我一直都在尝试怎么才能重新回到我妈那里去。我也不喜欢拼写……我认为文字是无法拼写的漂亮有劲儿的加农炮。总之，我现在 40 岁了，搅和在比 14 岁时还要猛烈的迫击炮的尖叫和更混乱的处境中，成了个屁股被各种非传统曲调抽打过的老男人。我们说到哪了？我把这瓶啤酒喝了吧……早晨收到了《目标》的消息，有六首诗会发在 12 月刊上……《火中的马》《拉着我走过圣殿》和其他几首。另有一首《日本妻子》会发在 9 月刊上。这挺好的，我又可以多活三四个星期了。我提到这些是因为这让我挺开心的并且我这会儿在喝啤酒。并不是因为发表作品可以带来什么名声，而是一种很好的感觉，那就是你感到你可能还没有疯掉，你说

---

1 安德纳赫（Andernach），德国城市，查尔斯·布考斯基的出生地。

的一些话还有人能明白。这瓶啤酒真他妈太好了，看看阳光明媚的窗外，嘿，嘿，没有要命的女人缠着你，没有短鼻马，没有兰波和德马思腐烂的梅毒，只有没有蜜蜂飞舞的橘红色的花和腐败的加州草在风化的加州石头上。现在等一下，我再开瓶啤酒。下周我计划去德尔马市三四天，去弄点房租，算出一个新的短鼻马的号码。

让我们另起一段。格特鲁德·斯坦因可能告诉过我。但格·斯坦因是谁还要另一说呢。我们刚好走在我们自己的路上，我们中仅仅有一些人得到了蜜蜂们、神们、月亮们的帮助，以及在黑暗的巨大洞穴中咆哮的老虎们的帮助，那洞穴里挤满了谢尔盖·拉赫玛尼诺夫[1]和塞萨尔·弗兰克[2]，涌动的葡萄酒上漂着奥尔德斯·赫胥黎和D.H.劳伦斯交谈的照片。该死的：简介，简介，简介……我恨我自己，但还是得和自己相处。这真是废话，嗯，天哪，我不知道，17岁时有天晚上我喝醉了，暴打了那个老头一顿，然后离开。他没有还击，这令我很不爽，因为我就是那样的……从沙发上站起来还手啊，你这个老懦夫。我在这腐烂的国家四处游走，无所事事，那样别人就能有事可做。我不是共产主义者，我不属于任何政党，但这是个糟糕的计划，我曾在屠宰场、狗饼干厂、迈

1　谢尔盖·拉赫玛尼诺夫（1873—1943），生于俄罗斯，20世纪重要的古典音乐作曲家、钢琴家、指挥家。
2　塞萨尔·弗兰克（1822—1890），法国作曲家、管风琴演奏家。原籍比利时。

阿密海滩的迪·品纳工作过，做过新奥尔良《条目》的勤杂工，在血库工作过，在纽约地铁站挂过海报——在离地面 40 英尺的地方醉醺醺地喝着美丽的金色第三轨道[1]，贝尔多的棉花，西红柿；当过打包员、卡车司机、沉迷赌马的人，坐遍了这个无趣的上着闹钟的国家的吧台高脚椅，靠着姘头妓女的周济生活，当过美国新闻公司的领班、纽约西尔斯罗巴克百货公司的理货员、加油站服务员、邮递员……我记不清了，这些工作全都单调而普通，你身边任何一个处于失业状态的人几乎都做过与此相似的事情。[……]

我们说到哪里了？？？天哪！总之，在这整个过程里，我写了一两首诗，发表在《矩阵》上，之后很快就失去了对诗歌的兴趣。然后就开始瞎胡乱写起了小说。顺便说一下，我收到了伊芙琳·索恩的信，她发表了我一堆花哨又传统的诗——哦，呸，我能用任何老旧的方式写诗，我写得不好——因为我总在使用又烂又错的语言。稍等，我想想关于短篇小说，1944 年惠特·伯内特在《小说》杂志上发表了我的第一篇小说，那时我住在格林尼治村，还是一个 24 岁的小伙子，我到那儿的第一天就意识到那个村子死了，一个路标代表某个人曾到过那里而已。呸，笑话。我还收到一个女代理人的信，请我去吃午饭和喝一杯……说是想和我聊聊，想代理我的作品。我告诉她我不想见她，因为时机没到，我写不下去

---

1 第三轨道（third rail），一种烈酒。

了，再见，我自己在家里喝酒，倒在床底下喝葡萄酒。醒来在圣父所在的地方，已是早晨6点，还醉着，被锁在了门外，穿着衬衫瑟瑟发抖。你没问我要简介，对吧韦伯？实际上，去你的，你压根连一首我的诗也没选中吧？

好吧，不管怎样，我把短篇小说四处投稿，被接受的并不多。我要给《大西洋月刊》发航空信，如果他们还不接受的话，我就把稿子撕了。我不知道已经撕毁了多少万份杰作，都是没被接受的。遇到的各种各样的人都说我应该写小说，去他们的，我可不打算为赫鲁晓夫写小说。脑子一片空白，大概有10到15年什么都没写。没有通过体检考核因此没能入伍。感觉好极了。我把短裤穿反了，但我醉了四个星期我又不是故意的，他们认为我是混蛋，是发疯的贱货！

好吧，哎，韦格，我是想说，韦伯，我要再开一瓶啤酒。我很疑惑你竟然能21天滴酒不沾，我是不能这么喝下去了！躺在总医院的慈善病房时，我停下来过……血像喷泉一样从肚子涌到嘴里……他们就让我那么躺了两天才开始处理我，然后得出一个结论：我人已经一只脚踏进了地狱。他们给我不停地输了7品脱血和8品脱葡萄糖，告诉我如果我再喝酒的话就会死。13天后我又能开着一辆卡车，举着50磅的包裹，喝着全是硫化物的便宜葡萄酒了。他们不知道事情的关键：**我想死**。就像很多自杀者曾经有过的经历：人体的构架有时要比钢铁还硬。

现在此刻韦伯，韦，我们说到哪了？

不管怎样，我逃离了那10多年酗酒到失去意识的生命，逃离了妍头、恐惧、床单上的核桃、核桃壳、像火箭一样在刚租来三周的房子里在我宿醉的梦中穿梭跳动的老鼠、绿土豆、紫面包、肥胖的灰色女人的爱让你尖叫的她们胖大的土豆肚子、无趣的爱、枕头下的念珠和不再纯洁的小孩的照片……没有什么能让一个男人意识到自己的粗野和大胆，因为他本来就只想让自己成为一个怪人。女人们比我们强多了。所有最后的女人。根本没有妓女这种人。我曾被她们中某些人抢劫、打击和抱怨，我说，没有妓女这种人。女人没有被那样造出来，男人才是。术语是淫乱。我就是其中一个，现在仍是。但我们继续吧。

不管怎样，10 或 15 年后，我又重新开始写作了……在35 岁的时候，但这一次我写的全是**诗歌**。管他的呢！在我看来诗歌，诗歌省字……格特鲁德应该喜欢那样，尽管我正在这儿浪费很多的字，我想我一定会被原谅的……因为某些人有他自己的权利割草机和**烦恼恼恼咔哒咔哒的烦恼恼恼**，太好了阳光正要进来，录音机里放的是什么……我不知道是什么的音乐……应该已经听过一两次了，还是老样子……贝多芬、勃拉姆斯、巴赫、柴可夫斯基，等等……

不管怎么，我来写小诗啦，因为我喜欢诗而且诗歌看起来挺不错的。现在我有点累了，我不知道到底在说什么。

不管怎样，四处发表了一些诗，都是些充斥着垃圾的小杂志。

可以说我是有（或者说有过）一些偶像的——埃兹拉·庞德，在我和前情人雪莉·马蒂内利开始同居前……不过，现在我还喜欢罗宾逊·杰弗斯[1]。在我看来艾略特是一个投机分子，最世故的神在哪里派发最安静的礼物他就会去哪里，他是很伟大很文雅，但却不够人性，听不到血的咆哮，不像某个躺在贫民窟穿着四周没洗的内裤的流浪汉。我不完全是在批评艾略特，我批评的是教育和教育的假牙。我和一个清洁工聊天时得到的知识要远远多于和 T.S.艾略特聊天得到的，或者就此而言，和乔恩·E.韦伯你也是。我们说到哪儿了？［……］

你看乔恩，我希望你能找到一首你喜欢的诗，在这堆乱七八糟的东西里……我不知道，我累了……每个地方的人都在给草坪浇水……很好。嗯，你看，这就是我的简介了。

找不到我的笔了。

让我的这些疯言疯语去刺激他们振奋起来吧。

1　**罗宾逊·杰弗斯**（Robinson Jeffers，1887—1962），美国诗人。

斯蒂芬尼尔在《雀鸟》第 14 期（1960 年）上发表了布考斯基的一首诗。

致菲利克斯·斯蒂芬尼尔
1960年9月19日

我不是"书呆子和娘娘腔"……

你的批评是对的：我寄去的诗松散、草率、重复，但问题的关键是：我可不会去雕琢一首诗。太多诗人过于自觉地"作"着他们的诗，当你看着他们的印刷稿时，就好像他们在说：往这儿看，老男人，快看看我这首诗！我可能会说一首诗可以不那么像诗，它可以是一大堆正在发生的事情。我从不相信技术或学院或娘娘腔那一套……我相信那种感觉——一个喝醉的修道士紧紧地抓住窗帘，然后扯下了窗帘，扯，扯……

我希望能再给你寄一次诗，相信我，比起那些"对不起""不好意思""这期稿子满了"之类的回复，我真的很感谢你的批评。

致乔恩·韦伯
1960年9月底

今天收到了你的新卡片，我很同意你说的，一个人可以不停地谈论着诗歌，并那样度过一生。但我从周围人那里得到了更多的东西——假如我必须那样——谁没听说过狄兰或莎士比亚或普鲁斯特或巴赫、毕加索、伦勃朗，或彩色轮子或其他什么的。我认识几个赛马手（其中一个获得了8连胜）、一两个赌马的人、几个妓女、不知其名字的妓女们，还有那些酒鬼，但诗人们的领悟力和敏锐度太差，这话我可以说得更重些，那样一来他们也许会好得超出我的设想。我犯错是常有的事。[……]

同意你说的"诗意的诗歌"，但我更觉得，现在和以往，所有已经被写出来的诗歌都是失败的，因为它们的意图、偏见和腔调，这不像在雕刻一块石头或是吃一个好吃的三明治或喝一种很好的饮料，更像是某个人在对你说："看，我写了一首诗，快来看看我的**诗**！"

致W. L. 加纳
1960年11月9日

　　我想太多既有的诗歌，更像是作为一个概念被写出来的，并不是作为"诗"。我这么说是指：为了让这些东西读起来更像诗，我们使的劲儿太大了。当尼采被问及关于诗歌的问题时，他说："诗人？诗人太爱说谎了。"按照传统来说，诗歌形式允许我们在很小的空间里表达很多的内容。可我们当中的大多数人所表达的东西，都远远多于我们的感受，或者当我们没有足够的能力去发现和开创的时候，我们便用辞藻作了替代品，这样词语之星便成了大富翁和首席执行官。

致乔恩·韦伯
1960年12月11日

[……]很久以前你和我说过，你拒绝那些不管在哪儿都能看到的"名字"。看来你是在选用你真心喜欢的稿件，不是任何编辑都能做到这一点。我曾做过《丑角》的编辑，我有过这样一种感受，在我所收到的那些诗歌投稿邮件里，夹杂着太多写得很差的、业余的、没有原创性的、自命不凡的诗作。假如发表了"名字"就意味着发表了好诗……这就要求无名之辈们写得足够好、足够值得发表。拒绝"名字"并去发表那些无人知道他们名字之人的二手诗作……这就是他们要的吗？……一种新式的自卑？我们会因为一个在马路上偶遇的女士的小曲小调和她对绘画泛泛的涉猎（就因为没有人知道她的名字），就把贝多芬和凡·高扔到一边去吗？我在《丑角》时，我们只发表过一个之前从未发表过诗歌的诗人的作品，一个19岁的来自布鲁克林的男孩，如果我记得没错的话，并且这还是在……分别把他发来的三四首诗都删掉一大节的情况下。在那之后，他再也没发来过一星半点有价值的东西。我们也经常收到各种信，各种有名或无名诗人叫苦连天的抱怨信，为了写两三页的拒稿信，我要熬到半夜，告诉他们为什么我觉得他们的作品不能被采用，而不是只说"对不起，不能……"或直接用现成的拒稿函。但是我少睡

的那些觉没起什么作用；我没有写诗，我真应该写的；我错过了我的酒鬼朋友、比赛、赛马场，我真不该错过；那些歌剧、交响乐……因为我每次都在**尝试**，试着得体、温暖、开放……但换来的都是咆哮、挖苦的回信，充斥着诅咒、虚荣心和战争。我不介意他们对我的错误所做的顽固分析——但那些哭哭啼啼、呼天抢地的信件——不，见鬼去吧。实在很怪异，我想为什么这些人会如此"低劣"（用一个他们的词）而且他们还写诗。不过现在，在和他们之中的几个人认识之后，我明白他们完全有可能那样。我不是指江湖义气、反叛、勇气，我指的是浅薄的追名逐利的人、钱疯子、精神上的侏儒。

> 《火中的马》发表在 1960 年的《目标》第 4 期上，布考
> 斯基批评了庞德的《诗章》。

致W. L. 加纳和劳埃德·阿尔波
1960年12月底

[……] 如果老埃兹拉·庞德读到《火中的马》的话，他很可能要笑掉大牙吧，不过就算是伟大的人物有时也会活在错误之中，也需要我们这些小人物纠正他们就餐时的礼仪。雪莉·马蒂内利则会悲叹哀号。但为什么他们要为他们珍贵的《诗章》哭成那样，并且还要把这事儿告诉我？当我在打字机上放任自己时，我是个危险的人。

$-$ **1961** $-$

致乔恩·韦伯
1961年1月底

[……] 当你为了要"作"一首诗而在诗中对自己说谎的时候，你就失败了。这就是为什么我从来不会反复修改自己的诗，而是保留它们最初被写下的样子，因为如果我从一开始就说谎，再怎么修改都救不回来，如果我没有说谎，嘿，那就没有什么可担心的。有时我读一些诗，总能察觉到它们是怎样被修剪、打磨、固定在一起的。你可以在现在的芝加哥《诗歌》上看到很多这样的诗。当你翻阅那一页页纸，空无一物，除了花拳绣腿，几乎都是没有生命的蛾子在乱飞。当我翻看这本杂志时，我真是被吓到了，因为那里面什么都没有。我猜这就是他们所以为的诗歌的样子，好像诗歌就应该是空无一物的东西。就是些精致分行排列的东西，太精致了以至于我几乎都感觉不到它的存在。诗歌完全被变成了智力艺术。滚去吧！唯一能体现一件好艺术品有智力的地方在于，它能让你被活生生地触动，否则就都是胡扯，你告诉我，芝加哥《诗歌》上怎么会有这么多瞎胡扯的东西？

我第一次开始写诗是在1956年，当时我35岁，在长时间的上吐下泻之后，我已苍老无比，我确实意识到自己不能再喝那么多威士忌了，因为有个女士声称我上周五晚上喝着波特酒在她那里蹒跚地走来走去——1956年我给《实验》寄去了一些诗，他们当时接受了，现在过了五年之后，他们告诉我说他们要发表其中的一首诗，他们的反应可真够慢的，但好歹终于有了回复。他们告诉我那首诗会于 1961 年 7 月被刊登出来，我想当我读到它的时候，会像是在读自己的墓志铭吧。然后她建议我汇给她 10 美金，这样就能加入他们的《实验》了，自然，我拒绝了。天哪！要是能在今天的中距离赛马中，我再押上 10 美金在"团结"（赛马的名字）身上，那可够我再爽一阵子的。

考灵顿告诉我说他认为柯索和费林盖蒂已经获得了一些关注。我写的东西却并没有得到足够多的阅读。不过我觉得现代诗人应该拥有现代生活的那一套，我们不能再像弗罗斯特、庞德、卡明斯或奥登那样写诗，他们看上去有点脱轨了，可以说他们已经跌下了台阶。在我看来，弗罗斯特一直以来都是过时的，他凭借大量的胡说八道却侥幸获得了认可。当然了，是他们陷害了他，就好像他是个在雪地里的死掉的傀儡，再让他在典礼上通过他垂死的视线和洞见在那里哭哭啼啼。实在是好极了！有太多像这样的情况，我打算试着找一个共产党员卡或一个旧黑袖章，或者去找些基佬，把自己弄得乱七八糟……我希望我不会老得什么都不记得，但是，当然，弗罗斯特总是在扮演幸运儿，即使他赢了什么 1 赔 60 的大奖，他也会闭口不提的。[……]

那是在亚特兰大的时候，我只能看到一丁点儿灯线——被剪断了，并且没有灯泡，我住在桥上一个纸糊的棚屋里——每星期 1.25 美元租金——那真是冻死人了，我试着能写点东西，但通常我更想能喝点什么，加州阳光也离我十万八千里，然后我想该死的，我得让自己稍微暖和一点，然后我伸手抓住了那根电线，但是它并不通电。我走到外面，站在一棵挂满冰凌的树下，透过一扇温暖的结着霜花的玻璃窗，看见杂货店的人正在给一个女人卖一块面包，他们在那里站了10来分钟但是彼此都没有说话，我看着他们，心里说着我发誓我发誓，见鬼去吧！我看着那棵结着冰霜的白色的树，它的树枝一点都不旁逸斜出，直直地指向那片不知我姓名的天空，仿佛它在对我说：我不认识你，你什么都不是。那一刻我的感受是什么？如果真的有神灵，他们的工作不是拷问或测试我们能否适应未来的生活，而是现在就能给我们一些该死的好处。未来仅仅是一些糟糕的语感。莎士比亚告诉过我们——我们原本就都是要飞向那里的。但只有当一个人处于把枪塞进嘴巴里的临界点，他才能看到他脑袋里的整个世界，除此之外都是猜想，猜想和废话、宣传册。

致乔恩·韦伯
1961年3月25日

[……]当我读着旧巴黎团体的那些东西时，我感到心烦意乱，或者那些写满谁谁谁认识过去的谁谁谁的东西。他们就是这么做的，写着各种新新旧旧的名字。我想海明威就正写着一本类似这样的书。但无论如何，我是不会买的。我受不了那些作家和编辑或任何人在那里装模作样谈论艺术。在我大出血之前，有三年时间我住在一个贫民窟的旅馆里，每晚都和一个什么骗子、一个旅馆女佣、一个印第安佬、一个看起来像戴着假发其实她并没有戴假发的姑娘、三四个流浪汉待在一起，喝得烂醉。没人知道肖斯塔科维奇所说的谢莉·温特斯是谁，我们根本就不关心这些。最重要的事情就是当我们喝干了之后，要派谁跑出去弄点酒。我们先从跑得最慢的那个人开始，如果他失败了的话——你必须要知道，通常我们没有钱或者只有一点点钱——我们再让下一个厉害的人做更深入的尝试。我想我可能在吹牛，但我真是其中的佼佼者。每次他们最后一个人跟跟跄跄走进那扇门，一副苍白又寒碜的样子，布考斯基骂骂咧咧地站了起来，穿上他破烂的外套，愤怒地走出去，冲进黑夜里，一路来到迪克酒水商店。我会对他进行一番哄骗、胁迫和勒索，直到把他弄得头昏脑涨，我有时就怒冲冲地走进去，不会对他低三下四，直

接告诉他我想要什么。迪克从来都不知道我到底有没有钱，当然大部分情况下我都身无分文。不过无论如何，最后他在我面前拍拍那些酒瓶，然后打包好，我傲慢地提起那些酒说道："记在我的账上！"

接着他肯定会上演一番那老套的节目——但是，上帝啊，你每次都这么说，每次都这样，可是你整个月从来没有清过一点儿账啊，并且——

接着就是我的行为艺术了。我已经把那些酒拎在了手里，我完全可以就那么走出去，但是我往往会当着他的面粗鲁地放下袋子，把酒从里面狠狠地拿出来，猛地推到他跟前，说："给你，还给你！我他妈随便到哪里都能买到酒！"

"不，不是这个意思，"他说，"好吧，你拿走吧。"

接着他会拿出那张悲伤的纸片，把我拿走的东西加到我的账上去。

"拿给我看一下。"我要求道。

接着我会说："看在上帝的分上，我可没欠过你这么多钱！你这到底都写了什么啊？"

我这么说都是想让他相信我将来某天一定会来还钱的。接着他也会对我说些好听的话："你可是一位绅士，我相信你，你和别的那些人不一样。"

他最后病了，卖掉了他的商店，当下一个人来接手的时候，我就开始在一张新账单上赊账啦……

后来发生了什么事？一个星期天的早晨 8 点——8 点整！！！该死的——有人在敲门——我开了门，看见站着一个编辑。"啊，我是谁谁谁，是某某杂志的编辑，我们收到了你的短篇小说，觉得你写得非同寻常；我们想把它用在春季号上。""好吧，进来吧，"我不得不这么说，"不过小心别被那些酒瓶子绊倒了。"接着我坐在那里，听他告诉我说他的妻子对他和他发表在《大西洋月刊》上的小说评价都很高，你应该能想到他们是如何交流的。最后他走了，大概过了一个月或者再久点，大厅里的电话响了，说是找布考斯基，这次是一个女人的声音："布考斯基先生，我们觉得你的短篇小说写得非同寻常，有天深夜我们小组一起讨论过，不过我们认为其中有个不足之处，我们想你可能愿意修改一下这个不足之处。是这里：**为什么主人公在小说开头处，就开始喝酒呢？**"

我说："忘了这个事吧，把我的小说寄回来。"然后挂了电话。

当我走回那个印第安人身边的时候，他透过他的酒杯问我："是谁啊？"

我说："谁也不是。"这真是我能给出的最准确的答案了。

致约翰·威廉·考灵顿

1961年4月21日

　　我们今天的编辑们明显还忍受着摆在他们面前的规则手册的压制，但规则的庇护对于真正的创造者来说毫无意义。假如我们中了障眼法的迷障，或者我们醉得酒从我们瞪着的眼中流出来，我们还能为自己贫乏的创造力找到借口；但如果我们的创造力被学校和时尚的指令，以及被体弱多病的人的祈祷书上所写的"形式、形式、形式！！把它关到笼子里去！"损毁了，那我们就没有任何借口可找了。

　　让我们给自己一些空间和犯错的余地吧，让自己可以歇斯底里和悲痛。让我们不要站在悬崖边上，除非我们有一个魔术里那种灵活听话的球。这些事情是发生过的：牧师被击毙在厕所里；黄蜂队毫无节制地沉迷于吸食海洛因；他们拿了你的号码；你老婆和一个不读卡夫卡的傻瓜跑了；猫被轧死在人行道上，内脏和头盖骨粘连在一起，好几个小时里车辆不停从它身上碾过；花朵长在雾霾里，孩子们死于 9 岁或 97 岁；苍蝇撞死在玻璃窗上……形式的历史可见一斑。我是最后一个说我们可以从零开始的人，不过让我们挣脱 8 或 9，让我们上升到 11。我们可以重复——就像我们已经做过的那样——那些真实的东西，并且我想我们已经做得很好。但是我想看到我们能对不真实的、不成熟的，以及永远不会成形的——发出更歇斯底里的尖叫——如果我们够狠的话。真的，我们需要点燃蜡烛——必要的时候，可以往上面浇点汽油。平庸的意识永远是平庸的，但依然有尖叫声从窗户里发出……一种充满艺术性的从大墓地里呼之欲出的歇斯底里……有时当音乐停止，我们被抛弃在由橡胶或玻璃或石头建造的四堵墙里，或者更糟糕的情形是——根本没有墙——内心凄凉而寒冷地待在亚特兰大。全神贯注于形式和逻辑、"词语的转向"，看起来都是疯狂当中的愚钝。

我无法告诉你那些谨慎的男孩们是如何用他们有计划的、反复钻研过的创造性，把我剥得赤身裸体。创造性是我们的天赋，可我们得了创造病。它有时晃得我骨头散架，醒来盯着清晨 5 点的墙，而冥想会导致疯狂就像一只狗在一个空房间里玩着一个破烂的布偶。听，有一种声音，朝向和超越恐惧——卡纳维拉尔角[1]，卡纳维拉尔角和我们没有一点关系。见鬼，杰克，这是在浪费时间：我们必须坚持伪装，他们就是那样教我们的——众神在模糊不清的词语之烟雾中咳嗽。听，另一种声音是，我们必须用新鲜的大理石雕刻……那会有什么用？换第三种声音，那又有什么关系呢？肤色浅黄的妈妈们已经走了，腿上穿着吊带袜；18 岁的魅力是 80 岁，还有那些吻——蛇窜进水银——那些吻已经终止。没有人能生活在长

久的魔力中……直到一个清晨，五点钟，它抓住了你；你点着火，匆匆喝了一杯，彼时你的心爬行着，像老鼠在一个空荡荡的食物储藏室里爬行那样。假如你是格列柯或一条水蛇，有些事情是会实现的。

再喝一杯，好吧，搓搓手证明你还活着。严肃是不行的。在地板上走来走去。

这就是天赋，这就是天赋……

毫无疑问，死亡的魅力在于这样一个事实：什么都没有丢失。

致希尔达·杜利特尔
1961年6月29日

　　听雪莉·马蒂内利说你病得很重。对我们大多数人来说，你都是个传奇。我已经读了你最后一本诗选《长青》。我希望祝你早日康复这样的话不会显得我像个傻瓜，所以再写一遍。

　　爱你。

致乔恩·韦伯

1961年7月下旬

[……] 不久前的一个晚上，我在收音机里听到了我的一些诗。我本来不知道，不过持续关注这事的乔里·谢尔曼在电话里告诉了我，所以我喝着酒听了那期广播。听到那个总是给你播送新闻、高速路堵车信息，给你播放贝多芬和职业橄榄球比赛的喇叭里传送回自己的诗句，那种感觉还挺怪异的。其中一首诗，15首诗中的第一首，在《局外人》上发表过。还播读了我的一些关于编辑、诗歌朗诵或者诗歌批评之类的书信，那节目有观众，有几次，读到其中几首诗的时候，有人在笑。所以我感觉还不赖，可是当我站起来想再拿一瓶啤酒的时候，我踩在了一块3英寸长的玻璃上（我屋里乱糟糟的），那块玻璃直接扎向我的脚后跟，我使劲把它拔出来，血流了好几个小时。我一瘸一拐过了一个星期，之后有天我醒来时身上只盖着一件外套，我浑身滚烫，呕吐不止……有那么一会儿，我想是因为宿醉，又过了一会我确定不是，我一路开过好莱坞大街，开车去找了什么兰德斯医生，他给我打了一针。我回到家，打开一瓶啤酒，接着很快地，我又踩在了另一块玻璃上。

天哪，我在《局外人》上读到早期的亨利·米勒会把他的作品复印很多份寄给大家。对我来说，这真不可思议，但推想应该是米勒觉得自己毫无门路，他才只能为自己找些门路吧。我想每个人都有他自己的进攻方式。我在什么地方看到过格鲁夫发表了他的《回归线》，尽管那是本安全的书，可它在其他大多数情况下遭遇了惨败。我还注意到《生活》杂志和其他一些刊物狠狠地揍了海明威的屁股，那是他应得的，他在早期作品之后就几乎出卖了自己的灵魂，我一直都是这么认为的，但直到他自杀之前我从没听任何人这么说过他，他们到底在等什么？

福克纳的情况，从本质上说，和海明威很相似。大众囫囵吞枣地把他吞下了，批评家们的态度则有点狡猾，为了安全起见，他们怂恿大众，但福克纳大量的东西纯粹都是屎，不过是聪明的屎罢了，披着聪明的外衣，等他离世的时候，在如何将他抹去这件事上，他们将会遇到麻烦，因为他们根本就不怎么懂他，也不理解他，他书中大段的斜体，那些乏味和空洞的部分，他们以为那就代表了天才呢。

致约翰·威廉·考灵顿
1961年8月底

[……]如你所知，我非常草率。我没留过复印件。投出去的稿子如果被接受了，我手里也就没了备份。投出去的稿子没返回来，我手里同样没备份。有时我找到一张纸，上面写着什么东西，或者我找到一张打印了东西的纸，但是我没法判断那上面的作品是已经被接受过的还是我从未寄出去过的。我弄丢过一张纸，本来我用那张纸提醒自己我给哪里投过诗歌以及哪里发表过我的诗歌，但是那些诗歌的题目是什么，我并不记得。现在，那张纸也被我弄丢了。我曾经有个妻子（芭芭拉·弗莱），她真令我叹服。她写完一首诗，投稿出去，她会记下那首诗的名字、日期、寄到了哪里……她有一本很大的明细本，那可是件很漂亮的东西，在那个本子里她弄了一个杂志列表，那个杂志列表上画满了罗圈线或蓝色的橘色的线或其他什么线，她还标了很多小星号***，这些小星号在整个列表上网罗成一片。那真他妈是个漂亮的东西。她可以把同一首诗同时投给 20 或 30 份杂志，而且从来不会给同一个杂志重复投稿，就是因为那些线和************* *********，好厉害啊！她也给了我那样一个本子，不过我用它画小脏画和其他东西了。还有，每次她写完一首诗，她都会用打字机在专门的纸上再打一遍，然后

把它们用糨糊贴在一个笔记本上（标好日期）。我可以花一点这样的精力，但那样真会让我有点感觉自己是挨门推销健美文胸的。

$-$ 1962 $-$

致约翰·威廉·考灵顿
1962年4月

[……] 弗莱曾鼓励我画一些漫画并配上文字，类似笑话的那种，我熬了一夜，边喝边画那些漫画，并嘲笑自己的疯狂。到了早晨，我已经画了太多太多，信封都装不下，因为信封都不够大，所以我只好用纸箱做了一个大信封，然后寄给《纽约客》或《绅士》，我还在里面加了一层硬纸板，并附上了充足的邮资。好吧，见鬼，可能在他们看来我就是个爱好者或疯子吧，寄出去的东西都没有回音。我画了45个漫画作品，但它们都有去无回。"没有收到你的这类作品。"某个编辑回复我说。但是几个月后，当我坐在一个理发店里，无意中在一本杂志上看到了我写的笑话，我想是《人》，画了一个运动员在用一条末端带刺球的链子鞭打一匹马，围栏边的一个人在对另一个人说："他真是个残暴的男孩，但不管怎样这很有效率。"里面的对话稍微被修改了一下，画面也是。但那看上去确实很像我的作品。好吧，该死，你可以想象任何事情只要你愿意那么去想象的话。我不知道，我根本不看，我以前根本不怎么看杂志，或者偶尔翻看但我没发现过什么有价值的内容，可我却突然不断发现与我的想法和画作相似的东西，仅仅是稍微改动了一点点；太接近了，全都太像我的了，但我觉得我的画被行刑了，我不是说扼杀，但他们确

实扼杀了我的作品。当我发现我最大的一幅无文字的画（我是说画面中的想法，那实际上成了别人的作品）出现在《纽约客》的前封上，我知道我画过它——那该死的相同的场景：月光照耀的夜晚，湖面上有许多独木舟，每个小舟里都有一个男人和一个女人，男人都在边弹吉他边为他们的女人唱小夜曲——除了湖中央那艘小舟的情况有所不同，那个家伙站在他的小舟里，吹着一个巨大的喇叭。我忘了自己有没有给他也放了一个婆娘，我可能放了，不过现在因为我年纪大了些，我觉得假如留下点缺陷倒会平添额外的笑点。不论怎样，我的画都白费了，我再没画过漫画，直到本·狄博思·金达搞砸了原本要用于《远射诗歌》的封面图，我才对卡尔·拉森说，老天啊也许我能画得更好。我想说的是，就像画画、写小说这些事，我不知道做事的方法，但我不愿意浪费很多文字去反复做无用功，免得会被那些马屁精篡改后化为己用。我本想艺术领域以及与之相关的事情应该是干净的，我他妈错了，艺术界里肆无忌惮的章鱼一样的邪恶小人，比商业领域还要多，因为在商业世界里，那些小鱼小虾的幻想不过是得到更大的房子更大的车以及更多的女人，并且通常不管他们怎么得到这些，他们的驱动力都不来自于渴求自我认同的凌驾于体面和率真之上的扭曲的内心。这些编辑会如此该死如此之坏，原因是：他们自己无法获得名望，于是他们就拼命把自己和那些对着一小块干净的大理石又砍又刻的人捆绑在一起……这也是为什么他们不会回复那些询问投稿下落的信的原因：他们稀里糊涂、心不在焉，全支离破碎地出局了。

在弗莱的坚持之下，我曾去上过夜校，学了一门被你们称作什么商业艺术的课程。那个给我们上课的家伙白天在一个做商业艺术的机构工作，晚上在夜校教书。我们要把作品带到课堂上，他把这些作品一排排贴在黑板上。有次圣诞季到来前，他说："现在我的公司要给德士古[1]的加油站设计一个标识，我希望你们把这当成你们自己的事情对待，给我们这个圣诞广告出出主意。"好吧，等到了交作业那天，他在黑板前慢慢走过看着那些图画，当走到我的作品前，他暴怒又气愤地转过身来咆哮着说："这是谁做的？？？！！！！""我，"我承认道，"我想到了德士古星，把德士古星徽章放在圣诞树树顶会是个很好的想法。""拜托，不能有圣诞树，你设计得不好，我要你重新再画一个。"他走了。

几个星期后，他站在教室前面说："我们公司和德士古的经理已经选定了圣诞节的广告。"接着他举起了那个广告页，当他这么做的时候，就在他举起那个广告的一瞬间，我看到他的眼睛找到了我，你知道他举起来的是什么吗：一棵圣诞树，树顶上挂着德士古星星徽章，不同的仅仅是他们在圣诞树上多放了一个加油站服务人员的小像——我什么都没说，我令他很难堪，但我不想再争辩和抱怨。我感到他知道我在

---

1 德士古（TEXACO），美国大型石油公司之一，成立于 1901 年。品牌 logo 为红色圆底上一颗白色的五角星，且五角星中间有个红色大写字母 T。

想什么，那就已足够。我翘了课，出去喝得很醉。之后，在整个圣诞季，每次我们经过一个德士古加油站的时候我都会对弗莱说："看，宝贝，我画的……你为我感到自豪吗？"

我想说的是，如果我在厕纸上写一个小说，它会被人拿去擦屁股。大约15年前我曾以短篇小说的形式写过类人猿的故事，投出去后也没有音讯，我也没有副本，我怀疑约翰·科利尔抄袭了这篇，类人猿的故事对我来说很有用，我经常躺在床上讲给那些女人听，在我们办完事之后，那时我们或多或少都很放松。弗莱觉得我讲得很好，另一位女士哭喊着说："哦，我快要哭了，我要哭了，这个故事又伤感又美好。"然后她真的哭了。我猜那篇小说之所以石沉大海，是因为我当时手头很紧又在酗酒，所以我只能手写。我最终明白了我打字的速度要比普通手写快，以及无论何时无论我写下什么人们总是会说："你他妈的是怎么了？你到底会不会写字？"我无法回答这个问题。我不知道自己会不会写。但我能确定的是今夜躺在博洛尼亚……蓝色的真实的博洛尼亚和一个圆滚滚的肚子。

致约翰·威廉·考灵顿
1962年4月底

我有一个想法，威利。我和你一起做个刊物吧。就叫《厕纸评论》。我们甚至连复印机都不需要。我自己就能把收集的稿子在这个打字机上打出来。我们，就你和我，要把所有无法从《厕纸评论》里拿掉的我们的诗歌旧作都弄出来，一份寄给《追踪》，一份给上帝，一份给谢尔曼，还要给谢尔曼的情人，她值得拥有一份。无论身在何处，不管怎样我们都做这件事。

《厕纸评论》
编辑：威廉·考灵顿、查尔斯·布考斯基
第1期，#I

如果你打算去看电视
我们可一点都不在乎。

《我跪下》

威廉·考灵顿

这些腿需要跑起来
但我跪下
在女性之花前——
捕捉遗忘的气息
抓住它，
一定，
每晚
每晚的许多个小时
每个灰发苍苍的晚上
打着瞌睡
然后

《雕像》

查尔斯·布考斯基

折磨，习惯，然后我们制作出
这张脸，接着从这张脸里
跑出：鱼，榆树，南瓜糖，
我们来到外面
我们来到外面

我们——拔掉唱针，或
砸了磁带，我再也无法
忍受，
走过 18 个街区，
又回来，这张脸
已经长得和房间一样大
我知道那是真的：
我疯了。

《等待我们的小路》

威廉·考灵顿

我看我们必须继续，
失败接着失败，
我们必须继续，
直到最后的失败，
假设在某条小路上，
血流而下像一条
领带哈哈，我们
被捉弄侮辱一直到死，
在每一份收获、每一份爱情
每一刻休息里讨价还价，
手拍向墙壁，哇，哇哇！

车流（咯咯！！！）经过，
猥琐的恋人们许下肮脏的
恋爱誓言，鱼追赶着鱼
在潮汐中出没
哇，哇哇！！我的脑袋
正在坠落，我们几乎
进入了黑梦，
再也不可能是天才了，
太阳催开郁金香，雨水带来
虫子，上帝带来天才
并处置天才的
郁金香虫所以事物重新开始
永远有新的事物
现在去思考身体的扁平
多么无聊多么无聊
就像小老鼠跑进我的鞋子
又跑走了
而我被一个小男孩看见
而他也同样
跑啊跑啊
但是他们会抓住他
像那些郁金香
像爸爸
像贝尔蒙特

像巨大的石头破碎成

沙砾

砍向到处是血的地方，

失败接着失败

不管我们

在哪儿。

（你是不是在看电视我们仍然不会在乎。我们需要订阅
者，请帮帮忙。）

致约翰·威廉·考灵顿
1962年5月

　　[……]我今天收到某个女士寄来的信。她写了尼采的话给我:"我们所做的一切从不会被人理解,得到的仅仅是赞誉或责备。"接着她说,"这应该就是你在信中提及赞誉的负面影响时想表达的吧。不过,你想想——被赞誉并被理解!你瞧,我的朋友,对作家或画家或作曲家来说,那是唯一能叫他们真正满足的事……""非常正确——艺术家确实要从一项创造转到另一项创造中,但是,它们无一是完全全新的开始——从来没有任何事物拥有一个全新的开始。每个创造都是经由其他创造逐步形成的。一个意图会分化成另外一万个意图。当你发现了一个令人鼓舞的念头,在你头脑里,你肯定无法确定它是不是绝对全新的。它来自几个世纪里已经被沉淀的创造性观点。不过我也并非要开始写一篇唠唠叨叨的长篇大论……"

　　嗯,那真是谢天谢地了。

　　真是一堆该死的偏见啊,裹着阴险唬人的外表。这些聪明人要把我弄疯了。每一个开始,对我来说(**对我来说!!!**)都是**新的开始**。上帝呀,否则我怎么知道自己是死是活?怎么知道是谁把我逼疯了,谁给了我这些观念,王八蛋们,我必须要见见这些王八蛋。每一朵花都是一朵全新的花，其他花已经死了。它们曾是不错的花，但是它们死了。我看着一座桥或一座大厦，看着这些所谓智慧集合体的时候明白了这一点。去他妈的。当我写一首诗，我加进了闪电狗，一只身上发酸屁股流血的红鼻子闪电狗。或者，甚至可能更好——**我删掉了一只闪电狗**。但我可不想被这些目的性很强的企图弄残废。如果这个女人想过来和我睡觉，可以，否则，我可不会受到"鼓舞"。

有些人说他们看见梅勒在电视上说话时特别神经质，甚至说不好一个完整的句子。梅勒也许有点不善言辞，但这和写作又有什么关系？假如一个人既神经质又无法顺畅表达一句话，那他成为一个好作家的概率要高于和他相反的人。这又有什么问题？每个人都有弱点。[……]

比起亨利·米勒的信，我更喜欢你的信。米勒看起来特别犯贱，令人腻烦，仿佛他试图让瓦尔特·洛温费尔斯[1]四处钻营。然后是关于赫胥黎[2]的事情。当然赫胥黎对米勒的模仿有点太多，有点太用力。但看似米勒完全认为赫胥黎完全是好

---

1 瓦尔特·洛温费尔斯（Walter Lowenfels），1897—1976，美国诗人、记者、编辑，同时也是一位美国共产党员。

2 赫胥黎，这里应该指奥尔德斯·赫胥黎（Aldous Huxley），1894—1963，英国作家、哲学家。他以小说和大量散文作品闻名于世，也出版短篇小说、游记、电影故事和剧本。代表作品有《美丽新世界》等。他的祖父是著名生物学家、进化论支持者托马斯·亨利·赫胥黎（Thomas Henry Huxley）。

的，他不得不对他踩上两脚以便将他压低些。只要你把赫胥黎当作赫胥黎——一个读书太多、太有教养、几近才华横溢、忘了自己的血缘在哪里的英国佬——你就不会觉得赫胥黎有什么问题。他的确是个很有意思的作家。这就像去看一出已经在百老汇连演了 13 天刚刚落幕的舞台剧。你不会期待那是莎士比亚的。为什么非得是莎士比亚？

致乔恩·韦伯
1962年9月14日

　　我不知道该怎么去写一封"受奖信"。我只会写辞职信，或者像这样的信：

宝贝：

　　我知道我们无法再好了。你上班的时候，我走来走去想着这事。我喝完了一品脱酒，在梳妆台上找到了10美金，我走了。我给你留下了耶诺·布尔乔伊的《艺用人体解剖》和两本《弥尔顿·克罗斯的伟大作曲家百科全书》。照顾好狗狗，天哪，我真的很爱那只猎犬！

你的，

布布……

　　我希望这个奖不会把刀片从我脖子上移开，尽管那样可能也不错。比我好的人已经把他们的血流在了干大丽花上。我仅仅希望能把那些会给我自己和每件事带来一点点光亮的东西赶出去。

　　当然，这也是很多艺术家的目的，那些试图让自己远离疯狂的艺术家除外。总之，无论我们在这件事上多么悲观厌世，善于分析，不管我们多么精明，我总是忍不住认为在这场战斗中没有高贵可言，总是忍不住去想我已经有点适应了死神，以及，在我们的哭泣、欢笑和愤怒里，我们已经留下了一些印痕，一些路，一些除了沉迷床上的爱，除了夜晚的雪花和墓碑之外，可以去紧紧抓住的东西。［……］

我依旧搞不清楚这个奖到底是怎么回事，我转悠着，在舌尖上品尝着它。我还是有点太孩子气。假如你决定了就要这样做，并且想要我的受奖信，或者想让我哪怕只是说几句话，那好吧。我想受奖信自身作为一种形式就是重要的，就像诗歌形式，而且它有着诗歌所没有的表达方式，当然反之亦然。今天是怪异的一天，但我感觉还不错。［……］

唯一一件你知道的事，乔恩，也是我所知道的事：艺术是艺术，名声是第二位的。我们可不是文坛里的政治家。黑山学院、新批评、《福尔德》、西海岸、东海岸、G. 和 A.，L. 和 X.，我们不清楚谁和谁睡了，我们不关心。为什么这些下流的蠢货构成了批评界？为什么他们总在抱怨？一群该死的窝囊废和混蛋，满口胡言，却没有一句话是他们自己的。这仅仅是因为天性？仅仅是为了生存？但除了那些做了混蛋还沾沾自喜的家伙，谁想活成一个混蛋？如你所知，我也曾做过一些编辑工作，知道其中巨大的压力。你发表我的作品，我就会发表你的。我是 J. B. 的朋友（我说的可不是麦克利什作品里的 J. B.），每个人都害怕《追踪》，詹姆斯·博伊尔·梅在全国一半或 3/4 的杂志上发表过诗歌，但并不是因为他写得有多好，而是因为他是《追踪》的编辑。这肯定是错的，还有其他很多错误都像烂泥一样混进了文坛。艺术就是艺术，艺术应该掷地有声。

你觉得我真的快疯了吗？我为什么要写这么长的一封信？这些东西正从我内里不断地往外冒。

你改诗的时候，也是这种感觉吗？所有事情都是这么倾泻而下的吗？你的工作，你的生活，你的妻子，你的国家，你的思想，所有这一切，除了你的爱和词语的声音，修改，修改，修改，改，改……哦，我的上帝！

我知道凡·高的感受

我怀疑他是否把屎和血弄在了裤子上
并在大象耳朵上画画？
这些男孩还有什么希望，这些四等失败的多毛诗人和诗歌
从业者
当他们喝着羊奶，打卡上班，
养家糊口，搬家到格兰岱尔，为尼克松投票，
给他们的车打蜡，埋葬祖母，吃维他命，
他们还有什么希望。他，他们还有什么希望？？？
他们如何能置身火外？

你能否安全地敷衍过这个，并能照旧唱着疯子的美妙歌曲？请你告诉我。不能，我可以告诉你，那是不可能的。所以……会有另一种范式，简直令人作呕，扮演艺术家的人并

不懂艺术。比尔兹。玛丽。凉鞋。爵士。茶。H。咖啡馆。微不足道的人类。小本经营的涅槃。诗歌朗诵会。诗歌俱乐部。哦，我必须停下来了。我受够了所有这一切。

> 布考斯基被《局外人》的编辑评选为"年度局外人"，菲
> 利克斯·斯蒂芬尼尔在一封信里发表了对此事的看法。
> 下面这封信则是布考斯基在对菲利克斯·斯蒂芬尼尔的
> 回应。

致乔恩·韦伯
1962年10月底

[……] 关于斯蒂芬尼尔：像菲利克斯这样的人应该经常什么都搞不明白。至于诗歌应该是什么样子，他们有很多概念和前概念，多半他们还停留在 19 世纪。如果一首诗看上去不像拜伦勋爵那种调调，那你就只是写了一堆如床上的饼干屑般破碎的文字而已。政治家们和各个报纸大谈特谈着关于自由的言论，可一旦你真的试图得到自由——不论是在生活中还是在艺术形式上——你却被关进了牢房，面对着嘲讽和误解。有时当我把一张白纸放进打字机里，我常想……你很快会死去，我们都会很快死去的。这么说死去可能不是什么太坏的事，但既然你还活着，你最好按照深藏你内部的秉性活着。可要是你足够诚实，你可能早已在醉汉监禁室了结过 15 或 20 次啦，你可能失去了几份工作、一

两个老婆，你可能在街上把某个人重击在地，时不时地只能睡在公园的长椅上。要是你开始写诗，你无须担心自己写得像不像济慈、斯温伯恩、雪莱，你也不用像弗罗斯特那般行事。你不用担心扬扬格、字数和结尾要不要押韵。你只想写下它，猛烈地，粗鲁地或用其他方式——任何你能真正写出自己的方式。我可不认为这意味着我"在左外场寻欢作乐"……扯着我最大的嗓门，"舞动着双手在表演"，我可没有像斯蒂芬尼尔先生提到的那样，"挥舞着他的诗像挥舞一面旗子"。由此可以推断有些人不惜任何代价地想获得广为人知的感觉；由此可以推断坏艺术只是为了追逐名声；由此可以推断有些人是在表演和招摇撞骗。不过这些罪名在所有的艺术领域早已持续了好几个世纪，并且它们现在继续在绘画、音乐、雕塑和小说领域肆虐。大众，普通大众和艺术大众（某种程度上说他们仅仅是些练习生）永远都是滞后的，不论是在物质和经济生活方面，还是在所谓的精神生活方面，他们总想过得安全一点。假如你在 12 月戴着一顶草帽，你就蠢死了。假如你写的诗脱离了 19 世纪那种老套柔软的韵诗的巨大催眠术，他们就会认为你写得差极了，仅仅因为你的诗听起来就不对。他们只愿意听见他们经常听见的东西，但是他们忘了，每个世纪里，都会有五六个非凡的人物要把艺术和文学从陈腐和死亡之中拽出来，再把它们向前推进。我并不是说我就位列那五六个人之间，但我可以肯定的是，我不会属于他们之外的其他人群。正因如此，我被悬**身局外**。

好吧，乔恩，我想说如果你找到版面，就把斯蒂芬尼尔说的那些话发出来，那也是种观点。我倒宁愿被描述成一个砌砖匠或拳击手，而不是一个诗人。所以这一切也没什么不好的。

致《海岸线》的编辑
1962年底

　　简介？我又疯又老，还胡言乱语，像地狱森林般冒着烟，但我始终觉得这样更好，就是那样——不管更糟还是更好。一旦我坐在打字机前，就像在给一头牛挤奶——这是伟大的事情。然后，我也意识到自己得在拉丁语中奔跑，在镇静中，在势利小人和庞德和莎士比亚之间奔跑，然后我说你好你好啊地狱——所有能让事情跑起来的东西——你好哇！虽然我像骗子一样无法令人信服，但我一贯宁愿写一首只能是由我自己写出来的烂诗，也不愿去写一首几乎谁都能写得出来的好诗。不过当然，我也没法就此发誓。反省，再反省。为何要做这种尝试？那些时常坐在交响乐厅里的人往往只是崇拜创造但他们自己却无法创造。我冲进他们设置了障碍的赛道，所有人都在向创造了这些精细又旋转的事物的疯神致敬。

- 1963 -

致约翰·威廉·考灵顿
1963年1月20日

[……] 既然你把查尔斯·珀西·斯诺、莱昂纳尔·特里林和 T.S. 以及那些名利心昭然若揭爱出风头的家伙都列出来了，我也还是最好只看你最好的一面，你神采奕奕的神性的一面。在那样的状态下，你跳萨拉邦德舞的时候，你会把你的 .357 左轮手枪藏起来。说起来真是有趣，你作为一个诗人的时候，简直比你作为批评家的时候要好太多了。但是，只有你讨论评价别人，别人才有可能读你的诗。你就像一辆跑在圣佩德罗高速公路上的货车，拉着干冰，呼呼的冒着气儿。不管怎样，那样也总算能解决问题……说到罗伯特·克里利，是的，他的诗或多或少像是一些骗人的把戏，好吧，其实我只能猜测它确实写了点什么，因为它实在空洞无物，这个人一定**非常敏感非常有天分**，天哪，因为到头来我实在无法理解他到底想说什么。那就像一场在洒满阳光的房间里玩的象棋游戏，并且后面 10 年的房租都已付完，没有人知道谁是赢家，因为赢家就是那个制定规则且不需要特别努力的人。假如你穿着破衣服在一条穷街陋巷醒来，要做的是搬砖的活儿，冷风呼呼吹过你的膝盖和裤裆，或者你已经满嘴是血，头上有伤，当你把手插进口袋，你的手停在屁股上方，只感到一种空空如也的感觉，你的钱包丢了：全部的 500 块钱、驾照、

上帝的电话号码，全都丢了。那一刻你根本就不是一个诗人，你只是一个深陷困境不知如何是好的人。所以当那个长着大乳房的婊子嘲笑你出的所有洋相的时候，你能做的就是抓起玻璃砸向她这个掠夺者。克里利们根本不知道死神是什么样子的，就算有一天死神来了，他们也只会把他当成随便一个什么人。格雷戈里·柯索至少想象过死神，柯索，假如他的名字是哈马切克，压根儿就不会有人知道他。"艺术"这个词简直像蔓延的常春藤一样，长得到处都是。哪里有雨水哪里有好运气哪里有建筑，哪里就有常春藤，不管谁从那里走过、要去做什么，它们无处不在，就好像你可以问问你跟什么样的常春藤爬过或睡过，或者什么黑山学派，天哪，我必须要停笔了，真恶心。

致约翰·威廉·考灵顿
1963年3月9日

[……]没有什么能像《局外人》第 3 期这样，让我等得如此辛苦，我感觉自己像是变回了高中时的那个小男孩，等着去见校长，那个看上去高贵的、长着灰色长头发的、戴着夹鼻眼镜的、有着维多利亚时代口音的男人，他们让我坐在一个电话亭里等，我拿着一本《妇女家庭杂志》在那个亭子里苦等了一个小时之后，校长狠狠地训斥了我。我忘了我做了什么错事，但他训我的样子就像我犯了谋杀罪。很多年后，我在什么地方读到过那个老家伙挪用公款的消息。无论怎样，我现在正坐在那个电话亭里，等待着《局外人》第 3 期。你不能怪我竟如此急躁，这可不是八个月前我坐在那该死的悬崖边缘，用刮胡刀片去试探大拇指时的情况啦。

> 考灵顿写了《查尔斯·布考斯基：三首诗》发表在《局
> 外人》第3期上，同时还有一篇介绍布考斯基《它把我
> 心抓在手中》的文章——《飞行中的查尔斯·布考斯基》。

致约翰·威廉·考灵顿
1963年3月19日

　　收到《局外人》第3期，高兴得不知所以，哇
哈！！！——我出现在了封面上，作为一个虐待老鼠、婴儿
和老女人的人，这个荣誉太重了，简直重到无法承受，所以
你知道，我选择了最简单的方式来应对：把自己喝醉。但是
说真的，直到现在这对我来说都不像现实，我知道这么说是
令人生厌的老生常谈，但他们再也无法将我打倒了，因为我
们俩用最艰难的方式把这事做成了，难怪他们对《局外人》
有兴趣——你难道没看见吗，这才是**他们**的样子！最让我振
奋的是，他们既没诋毁也没诬陷我，而是就那样让这件事自
然而然地成了！这就是当编辑们有了**灵魂**时该出现的局面。
就在我几乎用尽一生来憎恨那些编辑、与他们斗争不断之后，
谁能想到我会得到如今这个时刻：我们二人实现了一项几
乎可以算是令人敬畏的创举、样式和奇迹——并不是因为他

们把我放在了封面上，并发表了一些我的诗，而是因为在如此庄重的风格下，他们的处理竟会如此之棒，我保留了我该有的傲慢和荣耀。我完全能够意识到随着过度饮酒和年纪增长，我的观点最终会变软——如果我能活那么久的话——但除了死亡，没有什么可以将这段时光完全从我身边夺去。所有的壁垒，所有的混蛋，所有地狱般的白天和黑夜都没能打败我。我很幸运。尽管我曾经……很不幸……我拿到并接受这本《局外人》第3期，太多岁月已从我生命中消逝，几乎可以说，一切都逝去了，但我得到了这期杂志。

我真是久久不能平静，他们这次做得太好了。他们一定比我自己还要了解我。

现在，更重要的是，我收到了乔恩的信，写在一些蓝色的纸片上："我们很快就会开始着手做这本书……考灵顿下来了，忙，忙，忙……"

在刚刚完成如此出色的一期后，紧接着再去做一本书，这看上去几乎是不可能的，但除非你认为我变软弱了——这里确实流溢着些许欢乐的气氛——你得明白，与两三个人达成的某一次和解，并不能代表我脑袋里（已经？）出现了变软的东西。我不像弗罗斯特：他跟世界进行了一场爱人间的辩论，他赢了；我和世界之间进行的是战士间的战斗，而我输了。我打算继续输下去，但我不会退出战斗。这是有差别的，如果我对两三个人称赞有加，这事最好到此为止，因为说出的话会被传出去而我还得去为它辩护，我不愿意如此……

我想说的是，威利，你给我那三首诗写的文章特别好，我希望你也能给我的书写篇导读，你是我在这个世界上遇见的最大的幸运，除了简之外，除了那匹为我赚了222.6美金的马，以及两三年前发生过的类似见鬼的好事。不值一提。简已经死了。那匹马很可能也死了。只有你还在这里。我祈祷。你和简和露易丝一样，都使我感到莫大的荣幸，而且我知道这意味着……你们对我没有施压、强迫……意味着你们仅仅是发自内心，我绅士地接受了这份荣幸，非常温暖，你这个南方佬，我想起它们中最好的是《叶子的悲剧》（一首诗）。《老人，在一个房间里死去》可能也还不错。假如我给自己写了墓志铭（按我的想法去写），是因为我真的总是能在那一天还没到来之前，预感到死亡的发生，我一直都是这样想的。名望和不朽的名声不会属于我。事实上，我也不想要这些。我的意思是说，这很非常实在确实……我到底想说什么？？？任何一个人，只要他迫切地想让他的自我，像个公鸡那样在黎明前的黑暗里急切地咕咕叫的话，那他就真的一定要完蛋了，或者至少脏了他的指甲。

致爱德华·范·艾尔斯汀
1963年3月31日

得知你接受了《鱼的抽屉》和《冲破》。

说到《局外人》第 3 期，韦伯为此选择了避易就难的方式，当然，他几乎是独自做了这事。所以当他和一群穿着运动短裤的矫揉造作的人相聚在北卡罗来纳的某个山顶会所（或其他任何一个黑山学派成立的地方），他的脑袋沸腾起来（这是一些在我们——读者们——见到它们之前就已经尘埃落定的东西），而这一次，它也彻底爆发了。当然，纵观整个艺术史——绘画、音乐、文学，这些艺术学校早就存在，有时是因为个体的艺术家太过虚弱，无法承受独自的失败（对他们来说，独自成功要容易得多），成群的艺术家因为批评家的鼓吹而**涌进**了学校；但是，该死，这些你都知道。不过我想指出的是，韦伯已经给了克里利空间，针对他们独自完成的作品中可见的弱点和强项，他给足了克里利们空间，韦伯提出的意见是，他们无法独自工作，他说每当那些（看上去）圣洁的成员中有人受到了批评，就会出现一张精心编制的保护网。

我对克里利的批评（看起来）要激烈得多：我不觉得他会写诗。毫无疑问，他也觉得我才不会写。

对于一个艺术家来说，能做的事情就一两件：继续写或者停止写。有时他也可能同时继续写着却停滞了。当然，最终，只有我们得到了公正的评价，我们也就能好好停下来。

我很高兴看到你也想到要守护好灵魂，这一点被很多人完全遗忘了，或被当成某种失效的过去时代的浪漫垃圾——那时候我们似乎还没有像现在这么了解自己。但是有一点始终没变：当你在屎里面滚了太长时间，你看起来就会像屎一样。我们唯一要做的事情就是看清楚哪些东西是屎，好让自己不去里面打滚。我很讨厌去教大一新生英语课，就像我很讨厌在工厂里拧螺丝一样，这两者都很恼人。当你完成这些事的时候，还剩下一些闲暇安逸在等着我们。我们最希望能够那样。可很多时候，不管你多么出色地完成了预期目标，另外那一部分——拧螺丝、教新生英语之类的事，还是会吞没你。很多艺术家（我感觉更多是过去的艺术家，而非现在的）通过不去工作才有了很多闲暇时间，为了获得时间，他们宁愿挨饿，可是这样时常会带来危险的陷阱：自杀或发疯。现在，我想，我能在填饱我的胃之后更好地写作了，当然也可能是因为我总记得它过去多年都是空的，并担心将来它很可能还会回到饥肠辘辘的状态。能否拯救你的灵魂取决于你做什么——不是指那些显而易见的事，也不是指你必须开始做什么以及你以多大的热情开始，还有你可能在那条路上**获得**什么。有不少"职业灵魂拯救者"，那些知识分子，他们遵循着标准公式，因此只能以标准方法得到救赎——那更像是根本没有得到拯救。我所认识的不多几个人有时问我："你为什么要喝酒，还跑去赛马场赌马？"对他们来说，我应该一个月不出门，天天对着墙发呆，那才合理。他们没意识到的是，我已经那么做过了；他们不明白的是，如果我听不到威士忌和铿锵的语言在我喉咙的机枪里扫射，我就完了，所以到目前为止，我不断去那些能激发我的地方（那些酒瓶，那些人群），至于以后我还会不会这样做，也许吧，我不在乎。

写诗这事常常会把一些陌生女人引到我的门口，她们敲门，她们以为我的诗都是爱情诗，所以我不得不给她们爱情，我给出的爱——哈哈！——可能只是我灵魂的剩余物……在晃来晃去，我猜其中有些已经晃到肚子那里了。最近的一个女人今天下午才走，她待了四天四夜，她走后我就坐在这儿给你写这封信，关于……美学和黑山学派，以及你接受了我的两首诗，还有当然，那张支票也很有用。这是一个温暖又漫长的下午，可以说，那些眼睛里都充满了爱……当我看着比赛结果时，它们从床铺梯子的间隙里偷看我……该死的，该死的，这就是生活吗？事情就该这样吗？我留下9个空啤酒瓶和16个烟头，在1963年3月的最后一个夜晚，古巴和柏林墙，这些墙在我这儿都碎裂了，我也在碎裂，易碎的42年都被浪费了……范，范，野兽不是死亡……

致约翰·威廉·考灵顿
1963年5月1日

　　到处都是危险信号，到处都是红牌……被塞尔吉奥·蒙德拉贡退回了三首诗，非常粗暴。用我前面的两只眼睛看，一切太正常了。

　　——关于诗歌的外在形态，很高兴我像被指责的那样野蛮粗暴，很高兴我无法被归类，你当然能理解我为什么要这么说，因为你似乎总能透过表面看得更深。我花了很多时间在图书馆里读叔本华、亚里士多德和柏拉图，等等，但是每当某些牙齿在咬噬你，你就无法保持冷静无法沉思。今天在赛马场，有两次，有人向我走过来，一个问："嘿，你曾经在斯图贝克工厂工作过吗？"另一个家伙更过分，他问："你是个开面包货车的吧？"我从来没做过这些工作，不过我做过很多类似的事，那些在某种程度上把我的大脑折磨成呆蛙状的事情。他们认为我就应该做那些我做过的事，他们的依据仅仅是该死的穷鬼都应该做那些工作。优美的带着花边的诗歌和思想则属于其他有时间的人。上帝早已远离了我，可能躲在某处的一个啤酒瓶里吧。我当然很粗野，是他们让我变得如此粗野，从另一个意义上说，我之所以粗野是因为我希望能把事情做成它们该有的样子——那就好比，盯着或把刀子插向混蛋，那就是我的工作方向，而且我完全不想被人愚弄，我也不想去愚弄别人。可以说，即便是在潜意识里，我的自我也相当顽固，它这么思考**好几世纪**了。很多我恶作剧般的愚蠢、野蛮和粗鄙，只是为了对付马粪。可能我认为假如我说太多我觉得**也许**在推测中是真实的事情，这个东西闻起来将会很臭。我想我是能糊弄那些兔崽子的，我想我能来得更猛烈点。我能像撕碎互惠票据那样撕碎字典，我想最终能被留存的文字将是那种小石块一样掷地有声的文字。当人们真的想表达什么的时候，他们是不会用那些 14 个字母拼成的单词去说的。可以问问任何一个女人，她们都知道。我始终记得读过的那些年代久远的诗歌里的一首，非常古老，真的，当你回溯到足够远古的时代，你就会发现事情都很简单、明晰、美好，当然也可能因为那些诗是经过时间淘洗而剩下的，可能因为它们是经受了多年考验的东西，或者也许因为那个时代的人比现在更好，也许所有那些 18、19 世纪的厚厚的虚假的奶油都是对真实的反动，那时的人们像厌烦魔鬼一样厌烦真实，但天知道——不管怎样，在所有那些古老的诗歌中，有一首类似这样的诗歌，如下：

哦上帝

把我的爱人拥在怀中
再一次
回到床上

这很粗野，但我喜欢。

说回人们对我说的那些话："你为什么要去赛马场赌马？
你为什么酗酒？你这是在毁了自己。"对，这是在毁灭。在新
奥尔良做着每周挣 17 美元的工作也是毁灭。还有洛杉矶国家
综合医院里成堆的白色身体、衰老的脚踝和胫骨和床单上的
屎，也是毁灭……死人等着去死……老人呼吸着发疯的空气，
四周空无一物，除了寂静和乡村墓地，像垃圾场那样，等待
着什么。他们觉得我什么都不在乎，他们觉得我毫无知觉，
因为我面无表情，双眼暴突，拿着酒瓶站在那里，盯着赛道。
那些混蛋、蠢货，那些虚伪的得意的占着茅坑不拉屎的家伙，
他们以这么**美好**的方式想象着我。没错，他们认为得**对**，只
是对并不存在，他们总有一天会明白的……某天晚上，某个
早晨，或者某天在一条夹杂着玻璃、金属和膀胱的最后轰鸣
的高速公路上，在玫瑰色闪耀的日光里。他们可以带着他们
的常春藤和扬扬格，再把它们贴在屁股上……如果他们屁股
上还没贴什么东西的话。

此外，粗野是值得的，哥们儿，它**真值**。当那些读过我
诗的女人来敲门时，我会请她们进屋，给她们倒杯喝的，然

后我们聊起勃拉姆斯、考灵顿或闪电侠，她们自始至终都知道接下来会发生什么，所以我们的谈话非常愉快：

> 因为很快这个杂种就要
> 走过来抓住我
> 因为他已经在发野
> 的边缘

接下来，因为她们期待我那么做，所以我就做了，并且这样很容易就跳过了种种障碍和闲聊时间。女人就喜欢公牛、孩子和猩猩。漂亮的男孩和试图解释宇宙的人都没什么机会，他们最后只能在小屋里打飞机。

有个家伙……，他说："我给她们背诵莎士比亚。"

他还是个处男，她们知道他的恐惧。是的，我们都很恐惧，但我们继续前进。

致马文·马龙
1963年8月5日

嗯，我拿着这个厚重的信封上了楼，心想，好吧，它们可能原封不动都在里面，那真像在泥地里拖拽一头大象。但当我打开信封，我发现你竟然要了我 **11** 首诗，这真是个不小的数目，不管我给你发了多少首。我不知道你怎么评价剩余的这些；写完一首诗后，我也没有多大兴趣再去读它。那就很像抓住已经枯萎的花儿不放。他们说李白会烧掉他的诗稿并把灰撒进河里，但我认为就李白自己而言，他对自己的评价相当准确，因此他仅仅是烧掉了那些烂诗，当皇帝过来想读读他的诗时，他从靠近腹部的衣袋里拽出的都是好诗——在诗稿旁边还别着蓝眼睛的满洲美人画像……

我希望等你的编辑同事回来时，他也能喜欢我那些诗……写作真是个该死又有趣的游戏。拒稿信有用因为它能让你写得更好；接受信有用因为它能让你继续写下去。再过 11 天我就 43 岁了。23 岁的时候，你写诗，这看上去挺好，但当你 43 岁，你还在这么写着诗，你就会感到大脑里有些东西正在扭曲，但这也挺好——再来根烟，再多杯酒，再多个女人在你床上。路就在那里，还有苍蝇和太阳；如果一个男人偏要摆弄一首诗，而不是去投资房地产，那也只关他自己的事。能发 11 首诗太好了，很高兴你选了这么多。窗帘正像一面旗子舞动在我的国域，啤酒正高。

$-$ **1964** $-$

致杰克·康罗伊
1964年5月1日

　　谢谢《被剥夺继承权的人》，我已经读过了，我给你写信的时候，它就在我手边放着。我正边听柴可夫斯基第六交响曲，边喝一小瓶啤酒，有点累。我今天赌了夸特马，它很快就会赢，或老死或只是被宰了，都非常令人沮丧——但这本书，这书，是的，它可真好，我之所以对它有兴趣，是因为它看起来很像一本为我和你这样的人、为我们所认识熟悉的人而出版的书。在我看来，世界之前是什么样的，现在依然没变。穷即地狱，这不是什么秘密了；没钱的时候生病很痛苦，没钱的时候吃不饱饭也很痛苦，疾病和饥饿从始至终都永远是痛苦的。我们总是要做着低微下贱的工作，我们总是要寻找、乞求低微堕落的工作，我们全身心恨着那些低微下贱的工作可我们又不得不投入其中……我的天哪，酒鬼、诗人、自杀者、瘾君子、疯子，所有这些废物！我真不知道我们为什么要生活在这种恐怖、沉闷、明显非常卑劣的风气之中，在这个文明已经过度膨胀，各种阻力足以杀死我们的世纪。我认为假如将来所有的生命都可能被摧毁，被上帝，那所有生命就全部都有可能获救，我说的是，**全部**；可不是说仅仅只有我们的百万富翁和房地产商才有机会逃向别的星球，在他们把这儿搞得一团糟之后……我现在把你的书放到了一边，现在确实是它再版的好时机，因为依然有很多相同的地狱般的工作。相同的对老人的遗弃，相同的冷酷：失业者得不到谅解、发不出声音、别无选择地成了社会边缘人。我知道那种几乎无法活下去的滋味。我曾在路易斯安纳做过每周只挣 17 美元的工作，因为我提出每周多加 2 美金，就被炒掉了。那是在 1941 年。我曾在屠宰场工作过，洗过盘子，在灯泡厂工作过，在纽约的地铁站贴过海报，擦洗过货车，在铁路公司洗过火车，当过卡车司机，在图书分类仓库当过领班，在红十字会搬过血浆、做过橡胶管；我赌钱、赌马，我做过疯子、傻瓜、神，我都记不清到底都做过什么了，好在读了你的书，我又找回很多记忆。为了能够全国到处旅行，我曾加入过跟踪团伙，我就是用这种办法从新奥尔良到的洛杉矶，还有一次是从洛杉矶去萨克拉门托。路上他们会给我们冷藏罐头，我们经常不得不在椅背或其他地方砸开罐头，因为根本没有罐头起子。那些冰冷的过期罐头，还有旅费，抵扣了我们的薪水我想。我不知道——我时常就跳车走了，其他人也是这样。但据我所知那些坚持干了很长时间的人，最终也都一无所获。那时还经常有个拿着一个瓶子和一对骰子的人，有次，我们拿着食品券，在洛杉矶大街的一个地方，我们和六七个人一起都喝醉了，后来我们就在那里挥手告别。我所说的不是你书里写的，但我想让你知道我真的很能理解，再次谢谢你把它寄给了我。我没说你是杰克·伦敦，我说你是杰克·康罗伊，这毫无疑问。

致瓦尔特·洛温费尔斯
1964年5月1日

[……]我不知道谁是尤韦纳尔；放下《赛马新闻日报》，眼睛很疼。

我望向窗外被切掉一半的小山，冰箱里还有7听啤酒。生活真好。

写作就像大多数作家想的那样麻烦：当他们刚开始觉得自己写得很好的时候，他们全部都不写了。

我希望能多干几个回合，但是我也知道等在前面的是什么：那些在我们大多数人死前就能把我们撕成碎片的东西，那些大老虎、妓女，那些黑衣，那些钉子。

耶稣与你同在，还有斜街上，北边两个街区外那个放粉色风筝的小男孩。

我要出去散步了。

致哈罗德·诺斯
1964年5月12日

[……] 是的，你说得很对：失败也很有必要，我是说当你做大多数工作或写诗或做希姆莱的蜡像时，失败最好不是高高挂在电缆杆上。放松点挺好，轻松散漫工作，想怎么失败就怎么失败。当你撑竿跳只能跳 17 英尺，他们却希望你能跳到 18 英尺，于是就算摔破腿你也要练习。民众总是要像某些狂热的灌满河里的呕吐物那样被驱散清除。当你把他们扔进他们本该属于的垃圾桶，你才有机会得到满分，也许还能得到一种截然不同的结论。我不是在说那种流行于富人、骗子、卷线工、电工和体育记者们之间的势利眼文化，因为他们原本就觉得自己有某种**特权**。他们还不是都需要依赖着大众，就像树叶必须要挂在树枝上。我想说的是这样的一种独立：你有充分的自由，因为你又不需要住在隔壁的老妇人在你脸上亲一下，你不需要表扬，也不用给帕萨迪纳市的亚美尼亚作家社团做讲座。我是想说，去他的，多写点儿，多喝点啤酒，多点幸运，再加上放松的肠胃、一个偶然邂逅的屁股，以及好天气。谁还需要其他更多东西呢？当然，还需要房租。现在我也不知道自己在说什么。这真是太该死了，你不停地说说说说说，掏心掏肺地说，然后很快，你根本不知道你在说什么……我不想……这就是为什么我沉默的时候反而更好受一点。

$-$ 1965 $-$

安廷在《某／事》第 2 卷第 1 期（1966）上发表了布考
斯基的一首诗。那期的封面是安迪·沃霍尔的作品。

致大卫·安廷
1965年1月16日

　　谢谢你寄来《某／事》第 2 卷第 1 期，前些时候，我还
挺不喜欢这个杂志的，当然我几乎什么都烦，这也不是什么
新鲜事了，还有宾·克罗斯比那张嘴。我翻看了你们的杂志，
发现里面依然存在那些同样的问题，依然是几世纪以来的通
病——都太聪明伶俐，都太有智慧又太无趣，滑头滑脑，特
别是极度地滥用斜体字——我，就是其中一个，可能是唯一
那个——非常高兴，好吧，就算不是非常高兴，但是自从福
克纳去世终于能呼吸自如了，并不是因为有了更多的空间，
而是因为他无法让他们再那么晕头转脑了。我们已经被折腾
得够狠了，每天的生活都在撩拨和欺骗我们，太多了，真的。
还有那些大写字母。你们这些年轻人真把印刷机都逼疯了。
真扯淡。附上我在清醒时写完的手稿。为什么要这么吹牛？
我通常情况下都醉得不行，什么素材我都会用上，除了那些
很难获得的，以及极可能被抓起来罚款的，我背上现在已经

有太多像蛇一样缠绕的罚单了哇呜哇，哦我的天，我之所以说手稿是因为，如果你没有采用的话，请一定还给我。我没有备份因为我太讨厌复写纸了，我马上就快有打字机了。

真的太讨厌用诗歌符号去得到诗歌身份了：也就是——
比如

绿星 3/4 3/4//
古怪的
/ 我乞求
门口　入 /
　　　口

我想说的是，让我们别再犯傻了
开始好好谈谈。

富兰克林在 1964 年的《格兰德·荣德评论》上发表了一篇严厉批评布考斯基《和猎物一起奔跑》的文章。

致梅尔·巴芬顿
1965年4月底

[……] 是的，我从 R.R. 卡斯加登那里听说弗雷德·富兰克林那档子事情了，卡斯加登像被强暴了一样，他很义愤填膺，对那些下作的批评方式大竖中指（就是卡斯加登发表了我的《和猎物一起奔跑》）。总之，从他的信里来看，富兰克林做的烂事真是让他烦透了。我没买那本杂志，我可不想看写给我的悼词。就让那些疯狗相互乱咬吧。我可有很多事要做，睡觉啊，从鼻孔里抠最硬的鼻屎啊，或者像现在这样——在这个温暖的洛杉矶之夜，我看着一个穿灰裤子的家伙，她长着蜘蛛腿和已经像洗衣盆那么大的屁股，正从我窗前走过，我在自慰，满肚子是天堂里鸟鸣般的虫子。

《和猎物一起奔跑》是很久之前的作品，很高兴我写过这样的东西。我不知道弗雷德这小子要是看到《它的手抓住了我的心》会做何感想，或者当他面对我昨天刚拿到的《死亡之手的十字架》会多抓狂，一共印了 3100 本，是我 1963—

118

1965 年的新诗。弗雷德可要准备好享受这一大份早餐了！

　　看来某类人总认为诗歌应该有特定的写法。如果真这样，接下来很多年的诗歌只能是一无所获、糟糕透顶。越来越多的人会开始打破他们的观念。我知道这很难，就像去接受你上班的时候有人睡了你老婆这么难。但生活呢，就像他们说的，还是要继续下去。

致史蒂夫·里奇蒙德
1965年7月23日

[……] 听我说宝贝，你可以在任何一个图书馆找到杰弗斯的作品……你可以试着看看他的《你给我的忠告》，以及《杂色牡马》，还有《泰马和其他的诗》，特别是《杂色牡马》。杰弗斯更擅长写长诗。我还觉得康拉德·艾肯[1]——尽管他或多或少持一种享乐的诗学和近乎娘里娘气的范式——也在下决心朝这个方向努力。他最大的错误就是他写得太好了：他那丝绵质地的声音几乎把意义都隐藏了，当然话说回来，几乎所有狗屎一样的诗歌都在玩这样的游戏——如何让诗显得比实际上更有深意，如何偷偷摸摸甩着美味又精微的小飞镖，然后再退回到他们的舒适区。在我看来，我们的生活早已变得越来越真实，但几乎所有的诗歌都还是原来的老样子。我拿起过去 10 年里任何一期芝加哥《诗歌》，都会觉得自己被欺骗了，或者也可能我们都被欺骗了。我们现在面对的问题是：我们为这些诗人的某种优越性买了单，当然，他们也确实变得很优越。最终他们都在为《纽约客》写作，然后死了，最终我们都在煤矿上干活，然后死了，这有用吗？

1　康拉德·艾肯（Conrad Aiken，1889—1973），美国诗人。

在出版了布考斯基的《它的手抓住了我的心》和《死亡之手的十字架》后，韦伯又出版了亨利·米勒的两本书。

致亨利·米勒
1965年8月16日

嗯，今天是我45岁生日，因为这么个原因，我就索性给你写封信吧——尽管我不难想象你现在收到太多让你发疯的信了。我也经常收到各种来信，大多数写得很生动，甚至很火爆。每当他们认真读那些诗的时候，他们难免感到挫败，于是他们合上那些诗，去听点肖邦——耶，天！某种意义上说我该道歉，于是我打翻了啤酒。见到了你的芬克博士，他还是满口关于犹太人的笑话，还是一套一套的车轱辘话儿。他跟他妻子一起带着啤酒来的，我就听着，给了他一幅我做的类似拼贴画的东西。他可是你的拥护者，不过这不是什么新闻了——我们都是你的拥护者。

总之，他给了我一本塞利纳[1]的书，叫什么来着，《去往

1　路易－费迪南·塞利纳（Louis-Ferdinand Céline），1894—1961，法国小说家、医生。他的小说大多描写人的罪恶、混乱和绝望。

暗夜尽头的旅程》。嘿，听我说，很多作家都令我作呕，他们的文字甚至都不能打动一张纸，成千上万的作家和他们写的文字，都只是在浪费纸。但塞利纳不一样，他让同样作为作家的我感到自惭形秽，我都犹豫自己还要不要写下去，如同有个该死的大师之音在我脑袋里低语，我又变回一个小男孩。听我说，在塞利纳和陀思妥耶夫斯基之间，再没有别的什么作家，除了你亨利·米勒。总之，在感到自己如此渺小的失落之后，我开始认真看这本书，心甘情愿地被一只手牵引着。塞利纳是一个知晓哲学之无用的哲学家；塞利纳一边做着爱，一边很清楚性是虚无的；塞利纳是一个天使，但当他在街上走过，他却对着天使们的眼睛吐痰。塞利纳知晓一切，我是想说，作为一个只有两条胳膊、两只脚、一个生殖器的人，作为一个才活了这么多年、比很多人都活得更短的人，他懂的东西够多了。没问题，他长了一根生殖器，你是知道的。他不像让·热内[1]那样写作，热内写得非常非常好，好过头了，热内好得简直令你昏昏欲睡。啊，见鬼，就此刻，他们正在屋顶上打枪，另一个晚上，他们在好莱坞大街和伊瓦尔扔了燃烧弹，离我这儿相当近，好在还没近到能亲上我。我常和黑人一起工作，他们大都很爱我，所以也许我应该在脖子上挂着一个牌子出门，牌子上写"嗨！嗨！黑人爱我！！"。不

1　让·热内（Jean Genet），1910—1986，法国小说家、剧作家、诗人。代表作有《小偷日记》《鲜花圣母》等。

过那可能也没什么用，因为到时候还是会有某个白人杂种可能会击毙我。天哪，我给你写信的时候，女人正在喂孩子，我倾身过去说："哦哦，吃点香蕉吧，**吃点香蕉！！**"难搞的孩子。好吧，我们都失魂落魄。我一开始写这封信的时候，她们就在这儿，我打开了收音机，抽着一根廉价烟，喝着啤酒，所以如果你觉得我写得很混乱，并不是因为桌子下面有只绿色的猴子正在抢我的坚果。

有点儿，醉了，和平时一样，是的。谁的……手指在弹奏肖邦？纳里奥？还是鲁本施泰因？我的耳朵没那么好使。肖邦尸骨不存，他们在屋顶开枪，我坐在一间地狱般肮脏吵闹的厨房里，给亨利·米勒写信。再来罐啤酒，再来罐啤酒。我要继续说说我的不放弃理论：我不会放弃写作即使我的稿子都被退回来；我不会放弃就算他们送来一群妓女令我眼花缭乱，就算他们送来6个男孩组成的鼓乐队敲打着波普爵士乐令我心神不宁。直到35岁我才开始写的，再让我等35年我可没时间了。反正，我45岁了今晚，在给亨利·米勒写信。这很好。我想芬克博士可能觉得我是个势利小人，我只是不想四处敲门推销自己。我一直独来独往，以后也还会这么固执。我仅仅是不喜欢大多数人——他们令我厌倦和混乱，让我的眼睛闪烁不定，他们强暴我、欺骗我、压榨我、愚弄我、教训我、侮辱我、爱我，但更讨厌的是他们在不停地说啊说啊说说说，最后我总觉得自己像一个小猫被一只大象狠狠压着。这对我一丁点儿好处都没有，太多诸如此类的事情都对我没什么好处。在工厂和屠宰场时，他们都太忙了没法说话，就连我的老板炒掉我的时候，我也没听见他们发出什么声音，我们都很平和、客气、彬彬有礼，我走出那个地方，也没想过要去房顶上射击任何人。我想，好吧，我要睡上一周，喝一整夜，我就想了这些，然后完美地执行了那些计划。我就是一坨屎，还是那么不合群，现在我发表了一些诗他们就来敲我的门，但我还是不想见他们。区别在于：如果你谁也不是，你还孤僻，那你就是个傻子；如果你有了一点点小名气，你也孤僻，那你就是势利眼儿。他们总能找到适合你的恶名安在你头上，不论你做什么。就连女人，不管我他妈说什么，她都不停地想纠正我。比如早晨我醒来说："天哪，太热了！"她一定会说："只是你**以为**的热，今天还没有昨天热呢，想一下如果你是在非洲……"总是这样。

我这是在哪儿呢？要再喝一罐吗？当然要。

现在这个小女孩想玩打字机，好吧，玩吧宝贝，玩吧。我把她抱起来，她又爬了过去，"见鬼"，我对她说，"你没看到我在给亨利·米勒写信吗？你没看到今天是我45岁生日吗？"

总之，我希望你收到了那3本《死亡之手的十字架》，韦伯就给了16本，之后他再没给过我，因为我一喝醉就会随便送给从我身边走过的任何人，连同我画的画，我觉得那些画都很烂，我总是不停地在其他颜色上面画着黄色，画的可能是我的脊椎骨。我肯定，我是黄色的，我是黄色的我很顽固我很累我很醉，生活有点像个屁，我就从这屁里穿过。我时常想起D. H. 劳伦斯在挤着牛奶，时常想起他的弗里达。我是混蛋。我时常想起工厂里的那些脸，他们在那儿挥之不去，就像浆果在风中摇晃，就像落在生命肖像上的鸟粪。该死，啤酒又没了，再开一罐。好吧，现在播放的是弗兰克，它放什么我们就听什么吧，D小调交响曲也不赖。我和那个百万富婆结婚那天，我醉躺在小地毯上，听着弗兰克的D小调交响曲，她坐在那里说："我觉得这个音乐太**恶心**了！"就在那一刻我知道100万都消失了，我不可能和她一起实现目标的，也不想去证明我可以做到，那天晚上当我和她在卧室里做爱，所有架子都倒了，花瓶、小玩意儿都砸在我的背和屁股上。我是指，我干得不错，但不是她想要的**那种**好，她觉得那音乐很难听，我当时就笑了，我关了音乐看着100万在流失、流失……"我不喜欢总是自嘲的男人，我不喜欢总是取笑自己的男人，我喜欢有自尊心的男人。"她这么告诉我。没错，我不得不笑是因为我真的可笑，我只是个临时货，我拉完屎擦了屁股，我浑身是鼻涕一脸傻笑漏洞百出满脑子浮夸的思想……可我就是这么一坨屎，我什么都不是就是一坨屎。所以，先是一个优雅的家伙，领带上还有个紫色的领带夹，但她最后又对一个爱斯基摩人很来劲，一个日本渔夫和老师，塔米，我想他的名字叫塔米，塔米得到了100万，我得到一堆误解。我猜他们绝不会听弗兰克。

总之，我希望你收到了书。女人去市场了，她找到一个纸箱子，把它拆解了，做着这些脏活儿。你的一个朋友说他要花钱买这本书，他说："等有了办公经费我就给你。"我觉得一本书卖5块钱应该是可以的，这3000本书，每卖出一本，我只有 10 分钱的版税，所以我想我真是个便宜货。我猜他也是这么想的，现在两周过去了，我也没他更多消息，不过我后来还是告诉他了，我说："如果你现在手头也紧张，你就忘了买书这事吧。"我猜到最终我们都会手头紧张，坟墓就在那儿，我们不可能把自己从里面买出来。曾经在亚特兰大的时候，我住在一个每周要 1.25 美元的地方，一个月就靠 8 美元生活，在从地上捡来的废报纸的空白处写诗，没有电灯，没有暖气。我不知道报纸上都发生了什么，这都很正常，即使后来变得反常。今晚我给你说了太多废话啦，我怀疑你还在看吗？好吧，45 岁是很伤感的年纪，30 岁更糟，但我都走过来了。我不想假装勇气满满，我只是希望能心怀勇气。

现在准备好脏话：当然，我想和你见面，我想看着你坐在我对面的椅子上，这样的机会不多。不过我没什么太多想说的，大多时候我都感觉不好。那就像信徒见到了上帝，过了一会儿你走过地板去撒尿，我会说，看吧，上帝也撒尿呢。不要讨厌奉承的话，亨利，你现在到了要面对奉承的时候啦，你能应对这些。我只能叫你"亨利"，因为我常收到一些胡话连天的信，都是些学生写来的，他们永远都在坚持叫我"布考斯基先生"，直到我觉得我要被他们取代了，他们那么叫我就是为了从我被压扁的尸体上爬过去。总之，不管你什么时候决定了要来，嗯，我的电话号码是 NO-1-6380，我的地址就在信封上。但我现在正对你满嘴废话。忘了这些吧。

塞利纳，塞利纳，天哪，塞利纳，他们还能创造出他那样的人吗？？

再喝一瓶啤酒。

总之，如果你是塞利纳，我希望你知道，不管写作是什么，我什么都见识过了——公园里的长椅，工厂，监狱，沃思堡被监视的一家妓院的门，在一家狗粮厂工作，和头号公敌关在一间小牢房里（多幸运！），来来回回打滚，医院里我被打开的肚子，和不同的妓女疯女人蜗居在全国各地的小棚屋里，所有可怕的工作，所有可怕的女人，所有一切。我在诗里只写出了很少一部分，因为我还不够爷们儿，可能我永远都不是。被印在最近一期《格兰德·荣德评论》上了，但都是说我多粗野多没文化，诸如此类的。我没买那期杂志，我没勇气，不过听别人说了。他们用了 5 页半来抨击我，也许我已经成功了？？他们大部分人都不知道，我的拼写很差，是因为我的很多东西都是喝醉后写的，醉后我该死的手指敲打着连我自己在第二天早晨都懒得去看的文字，我只想略过它，扔了它，就连这信我也想……清晨不够强大，不足以撑起夜晚的沉重。

不能再写了，我想我得打住了；非常肯定无疑我可能已经说得太多了。告别无拘无束之后，8 年恐怖的工作让我有了相同的作息表。不过有天我卖了一张画，卖了 20 块钱，眼睛快看不见了，有个人从佛罗里达的一个小镇给我寄了 20 块钱，说："寄一张你的画来。"所以可能我还不该死，你永远都不会死。

致亨利·米勒
1965年8月底

　　不，我不是四处拜访的类型，希望你可别因此觉得我对你有意见。写这封信时，我又喝醉了，如果这算一个借口。因为喝酒，我感到混乱，好像我的创造力被砍头了，太糟了。我需要更多分分秒秒真实的生活，而不是当什么有创造性的艺术家。我指的是，我需要能让我持续前进或后退的东西，我是个怯懦的人，我不想一个门接一个门地去串门。

　　书款到了，还算及时，要给我的老普利茅斯彻底检修一下刹车，最近开车都没有刹车。女人在因为价钱大发牢骚，她觉得我是个蠢货，我就是蠢货。她去小便了没关门，我看见她粗壮又了无生气的死人腿，接着她打开收音机。收音机永远开着。我塞着耳塞走来走去，想着我是不是出去喝杯红酒，和很多人一样，我要面对——加油费、电话费，悬崖要从我头上砸下来了……不，不，我很少写散文，主要是因为如果他们拒稿我就死了。那些精力就白费了。我也没有勇气去写小说，因为我害怕把自己的半条命都放进去，到最后它也只能躺在没有腿的抽屉里。我曾在一本杂志上说，给我 500 块的预付款我才开始写小说，不论何时何地。我还没遇到愿意给我预付的人，所以一直没有开始写。听上去我像个财迷，其实我不是那样的。是能量的问题——正在四溢。我可以一直和诗歌玩儿，几乎不会被伤到，所以一直守着这个堡垒，希望你明白我指的是什么。现在小孩在抓我，她11个月大，老想打字，我会让她打的，这个贱种。

要试着找一下让·焦诺，或者让女人去找。其实有了塞利纳我谁都看不进去了，这个人满脑子都是金螺丝。唉，唉，我的胳膊和胸部都在疼。明天我要坐火车去德尔马。家里的女人让我觉得自己像是被吊在了两个小房间之间的绳子上，我必须出去透口气：天空、大路、马屁股、枯树、大海、新鲜的漫步的腿——任何东西，任何东西都行……我寄给你的画惨不忍睹，一个糟糕的恶作剧。我在给一个人做一本诗画书，寄给你的是两张没用在那本书里的。那个编辑需要更多的画和更多诗——做这事挺美的：一点印度墨水，很多啤酒，还有我自己。

THE AGE OF CHRIST

ON TURNING IT DOWN FOR
LACK OF MONEY

上面的两幅画，都是布考斯基为未完成的诗画集《疯狂年代的原子涂鸦》画的插画废稿，他寄给了亨利·米勒。

1965 至 1966 年，布考斯基在好几期《中场休息》上都发表了作品，由科尔编辑。

致吉恩·科尔
1965年12月

　　谢谢《中场休息》，目前我已经读了两期，里面的文章不错。不过你们的诗歌版可以稍微再加点兴奋剂。那些关于剧本写作的文章依然令我不安，什么"一个剧本一定要有一个前提"之类的。恐怕我们的剧作家和其他人一样，都有一个共同的问题，那就是，他们也是被训练出来的——他们被**教会了**做一件事的合适的方法。这个方法可以让事情有序进行，对从业者来说是有帮助的，它几乎可以让一个很差的剧作家看上去很像那么回事儿。但"如何去做"绝对做不出好艺术，绝对无法改变旧的皮囊，绝对不能带我们去新的地方。如果我要写一个剧本，我要用所有我喜欢的恶心人的方式去写，写出来的东西也完全不会那么老套。我也不是说就不能存在和剧本写作相关的文章或工作坊，我不能去禁止任何事情。人们喜欢做什么就让他们去做吧，祝他们好运。如果他们用那种方法创造出了艺术并且建造出一个永恒的剧场，我也挺高兴被称为骗子。

– 1966 –

致约翰·班尼特

1966年3月底

[⋯⋯] 有时我喝醉后，某个编辑偷偷潜入我的神经，潜入我椭圆形沉沉的大脑，于是我甚至有了一些做杂志的想法，比如：

（我是严肃认真的！）

1：《当代评论：文学艺术音乐》
或
《当代文学艺术音乐评论》

里面没有诗歌，没有原创作品——只有文章，只有那种大胆的、立足现场的文章，如果有可能，放点艺术复制品也行。我当然要亲自写一些文章，那样才能保证杂志是有生命力和冲击性的。我真的认为我们特别需要这种类型的杂志，同时我又怀疑它永远不会出现。

2：《厕纸评论》

我要用打字机打在厕纸上（我们的座右铭是"我们一点都不在乎！"），再用一点复写纸，然后把厕纸和普通的纸用胶水粘起来，再给每份要寄出去的杂志画一个原创封面。

3：（没有名字）但会是用墨水手工印刷的，每本杂志上都有用油画棒画的画（每本的画都不同），每本杂志的前封上也都是不同的原创艺术作品。我学过如何快速做手工印刷，那时我还在忍饥挨饿没有打字机，我那时寄出去的稿子都是墨印的。我手印比手写快多了，我过去经常能做到那样。[……]

某个阿肯色州的猴子生吞了我大概100张钢笔画，原本他声称要在一本书里用，是一本广告书，说可以挣多少多少钱，现在他却压根不回复我了，我周围圈子里的人都觉得我是个该死的骗子。我也没有那么在乎，就是在那些喝醉的长夜，所有那些熬到天明的夜里，我觉得自己很好笑，喝着酒，光着屁股在厨房里，弄得自己满身墨水，墙上也是，感觉几乎活在墨水里，你知道结果是那个混蛋夺去了那些夜晚、夺去了那些画——埋没了它们，毁了它们。我倒很想跑到他们其中某个垃圾的门口，去给他定罪，但这些杂种一定算好了我不可能跑遍全国去抓他们。再重新画100张画反而容易一点，但那就是另一个伤心故事了。记住只有文学创作是最值得信任的。他们大多数人就是些蝼蚁、侏儒、手淫犯、混蛋、吃鼻涕的妈宝——几乎全是。你应该记得今年8月我就46岁了，尽管我从35岁才开始写东西，但过去11年里我已经看够了他们的嘴脸，恨不得送个汽油弹之吻给他们，给他们所有人。

ELEVATOR

原本为《疯狂年代的原子涂鸦》所创作的这张插画，后来实际上于 1971 年发表在了另一份文学杂志上。

1965 年费林盖蒂出版了《阿尔托选集》[1]，1966 年布考斯基在《洛杉矶自由报》上给此书写过评论。

致劳伦斯·费林盖蒂

1966年6月19日

[……] 好吧，你听我说，我不想跑题，关于《阿尔托选集》我想说，我发现他的很多思想都和我的想法特别相似，实际上，我一边读他的书一边觉得那些文字就是我写出来的——我当然是胡说！但很少有作家像他这样让我感觉自己几乎没必要写了。我可不常有这种感觉。

不要管那些法国评论，那些杂种想当然就觉得我们是保守的——几百年了，他们总把这当成某种荣誉徽章戴在身上，那就是政治迫害，是下作的把戏。这本书非常好，是你最好的，像一把有眼有腿的大锤砸向他们。

同时，我也要把我深藏的疯狂和颤抖放到太阳下。

---

1 安托南·阿尔托（Antonin Artaud, 1896—1948），法国戏剧理论家、演员、诗人。主张把戏剧比作瘟疫，经受它的残忍之后，观众得以超越于它。其见解对热内、尤奈斯库等人的荒诞派戏剧有重大影响。

让·罗森鲍姆和维丽尔·罗森鲍姆在 1966 至 1968 年的《被逐者》上发表过一些布考斯基的诗歌。

致乔恩·韦伯和卢·韦伯
1966年7月11日

是的，罗森鲍姆收到了《奥利》，那上面有我写他的诗，他给我写了信。我就把他这封信附在这：

嗨，汉克[1]！啤酒罐之王：

我像是真的被你发表在《奥利》上的诗冒犯到了，那首你针对我在《被逐者》第 1 期上所写的文学宣言和相关作品的诗。看到你只会说"哎哟"，我真是太失望了。你语气那么虚弱，简直连"哎哟"都算不上，就是一个屁。让我感到厌烦的不是你对事情的肤浅理解，而是我看到你已经丧失了你的狠劲儿。有一个事实我们都知道，那就是在《它的手抓住

1　汉克·柴纳斯基（Hank Chinaski）是查尔斯·布考斯基为自己取的另一个笔名。

了我的心》之后，你再没有写出过什么有效的作品，甚至包括计划发表在接下来两期《被逐者》上的诗。作为真正欣赏你的人，我和维丽尔很担心你这几年艺术水准的下滑，即使你已经得到了一定的名声。我想你远在那些之上。你有没有意识到，你有 50% 的邮局保险单都是花在了心理治疗上？我希望你最好能做点什么宣泄一下自己，未来《被逐者》需要的是你更有冲击性的作品。

　　这封信写在一张带着《被逐者》抬头的粉色信纸上。在他们最近一期杂志上，他们把我的诗印错了三个单词，至少印错了两个词，不是我自己的拼写错误，而是类似把 o's 弄成了 e's 这样的错误。其他作者的其他作品，都没有这样的错误。不需要过于放大这个问题，但这一回让确实再次令我对他有了一种接近厌恶的反感。他作为一个男人，仅仅因为对一首诗不满就生气成那样，就几乎要在信里露出他黄色的毒牙了。我没必要像个精神科医生那样驳回他对我的抨击，但我还是和这个笨蛋探讨了一番。顺便说说，我有半打各种各样的邮局保险单，都是邮局给他们的员工使用的，它们都价值不等，有些甚至包括心理治疗费，善良的医生喜欢对我提起邮局——让知道那对我很致命，但看上去这恰恰让他很开心。另外，我不知道"我想你远在那些之上"这句话是什么意思，它看上去和前后两句都没有关系。我是唯一的笨蛋吗？嗯，嗯，嗯？[……]

　　可能是第三次这么想了，1967 年或 1968 年初，路乔出版社要出版的布考斯基的书，确实让我免于暴毙街头。恰恰是这个远期的机会让我可以继续忍受纸糊的墙，忍受和不喜欢的女人睡觉，以及忍受自己拖着空洞的灵魂和空空的口袋徘徊在赛马赌金揭示牌下。嗯，总之，早点得到这个出版信号真好。我可以收收心神，写点东西。有两家杂志都给了我接受信，在今天的邮件里，有几封来自欧洲杂志的信说想要用我的作品，因此我敲打着键盘触摸着纸张的手指感觉好极了。我才没写重复《它的手抓住了我的心》的诗，这一点让他们很困惑，但对我来说这太正常了。不管我写什么，不管我写得是好是坏，那都是我自己的东西，都是今天的我。他们总想着我永远在醉酒的房间写着下流的诗，我可不想一直那样。美国人总想抓住一个**形象**，好方便归类和打包，我就不想给他们那个形象。他们要么接受这个袜子有破洞、在下午 4 点揉着眼睛做梦梦见安德纳赫的老男人，要么什么都别接受。我到了最后那天要写的最后一首诗，也必将是我非要写的那首。我授予自己这种自由。[……]

　　不，约翰·马丁并没有吸取什么教训，我试着让他明白他自己和他所做的事情的问题。他的打字员真是个呆子。什么时候让马丁给你们讲讲他这个打字员。我有些诗里有"操"这个字，他打了其他所有字，就是不打这个字，他说他不能那么做，说他以前也没那么做过。去告诉马丁他找了个毫无主见的人，只知道人云亦云。天哪，我那些诗都没什么进展，就因为他不能那么做。他把我的诗形容为"真正的虐待狂"，天知道为什么，这世界上晦气又不完整的人真是太多了！

致哈罗德·诺斯
1966年8月2日

[……] 克里利，是的，提到他就很难高兴起来，但我相信他已经快疯了——他最后写了一首关于他如何看着某个女人在水槽里小便的诗，她不是撒尿，她是在小便，而且脸还红了，她是在他 × 过她之后小便的——不过克里利可没用"操"，他是在"做爱"。那首诗一无是处，因为你知道他就是在试图耍花招，他只是想变成那样一个男孩，他这么做就像我试着把自己变成克里利一样糟糕，比如：

　　　我，推着秋千里的她
　　在公园，我女儿，天空就在那儿，
　　我女儿坐在秋千里，那是在
　　公园，某天，我想过，当她挨近天空的时候：
　　我将得到第一个

　　　好时光。

致迈克尔·弗雷斯特

1966年末

[……] 我刻石头并不是因为它会持久流传，因为它就在那儿，它也不会像一个妻子那样怼你。我刻石头因为未来世界的两三个好人会来接我。这就够了——我自己的世纪没给我提供这些。

我确实想这个想了整整 46 年，我保留着一个辉煌的小小的不重要的光荣的蟑螂唾沫的冥想，以及我左大拇指下（可能是）嘶哑的笑声，就是这些让我一直处于饥饿和自杀之间。

这是一个很好的折中方案。当然，折中方案不会有什么说服力，也不会是公开的、有艺术张力的（成功的）、迷人的。我的大多数诗都和我在一个房间里走来走去有关，我边走边高兴或伤心（这里没有适当的词），那一刻我和房间都在其中。我读了很多书，我想，我读了几乎所有的书，但我依然期望有什么人在某个地方告诉**我**这些。尼采，叔本华，自命不凡且极富煽动性的桑塔亚纳，谁都行。

– 1967 –

致罗纳德·西利曼

1967年3月

[……]我读过不少批评家的东西——温特斯，艾略特，泰特，等等，新批评，新新批评，夏皮罗的需求，《凯尼恩》所有成员的东西，《塞瓦尼评论》所有同人的东西。我花了半辈子时间在读各种评论，但我只看到自命不凡的内容，我发现他们的方式从某种程度来说，都是趋炎附势。不过现在我还是很高兴你告诉我他们中最出色的那些人正试着在语言中恢复"人性的尊严、自我尊重、在野生状态下发现的自尊心、自由的雄马"。只是对我来说，这些话听起来就像马的橡胶屁眼一样假。如果这些就是你的视野和观点，你自己收好就行，挺好的。

"假如所有一切都是丑陋的，都是死的，那我们的责任就是保持自己的美好。"你用黑体在对我喊叫。罗纳德，"责任"是一个很脏的词，"美好"也是羞辱人的词。如果你想让某个脏人儿彻底残废，那你就索性宣布他是"美好"的吧。

致达雷尔·克尔

1967年4月29日

[……] 我是说，对我来说，最好的事情就是创作、找妞儿。就是去写去画。那两个家伙的闲话一点儿也影响不到我。

写出一首诗才是非凡的事情。

现在我还没自命不凡到觉得自己的屎没有臭味，但除了把自己喝死和做一份消耗生命的工作之外，还有一点时间，就那么一两个小时，我喜欢以我自己的方式去生活。

所以我不喜欢去诗歌朗诵会，不喜欢谈情说爱的聚会，不喜欢时刻让自己处于兴奋之中，等等。

大多数时候，我基本都是个"孤僻的人"，有不少像我这样的人，不管是出于天性或心理原因，无论怎样在人群中都会感到痛苦，只有独处时才感觉好一些。**你必须恋爱**是当下的一个大事，但我想当爱情变成了一个命令，是不是憎恨就变成愉悦了。我试图向你解释的是，我简直要分裂了，你来看我也解决不了任何问题，特别是当我切除了胃、红着一双眼的时候。我快47岁了，我这么喝了30年，也没剩几年了，就是不停地进进出出医院。我不想在这装可怜，可问题是，有些年轻人现在就是这么看待和理解我的（其实很多事他们都不理解），我想回到1939年，那时战争是好的，左翼是美的，等等。那时海明威看起来也相当好，那段时间很多年轻人都会跑去参加亚伯拉罕·林肯旅。年轻人总是很兴奋，但我从不。照片里的画面不停在变，要是你跑去看任何一次看起来极美的日出，你总是会被吸进很多陷阱和败局里。假如一个人能形成自己的观念，那就太好了；像一只在公园或在黑暗中嚎叫的猿猴并不能让你找到自己。我这么对着打字机也做不到，你开着一家书店也做不到。如果世道要彻底改变那就让它变吧，因为现在穷人太他妈多了，有太多该死的穷人，极少数有权力的富人因此感到恐惧。因为如果你变得足够穷，他们穷到全世界所有的宣传报纸都要告诉他们贫穷是神圣的，让他们相信忍受饥饿可以升华灵魂。如果这些人可以投票，事情就会发生改变；如果他们不能投票，暴乱就会变得更大、更红、更热、更疯狂。我虽然没什么政治立场，但这些是显而易见的。不过那些有权力的家伙也很聪明，他们会先试着给他们一点颜色，给他们一点警告好让他们后退，接着，扔个炸弹就能一下子解决很多问题。我们唯一能做的选择就是等待，直到找到一个可以藏身的地方，等事情慢慢过去。在合适的地方。等清洁工清理干净那些骨头之后，他们会再回来。与此同时我坐在我的打字机前，等着。［……］

太频繁地跳出诗歌的形式是危险的。诗歌形式（呸！现在看向窗外，我看见一个人正从出租车上下来，哇哦哇哦，黄色的超短裙尼龙袜大长腿，天哪，她在阳光下摇摆着走过，贴着窗玻璃的老臭男人眼放贼光）面对牙齿时能保持纯粹，摸起来像丝绸一样光滑，面对破吉他的灵魂则像尼龙绳一样，哦，哦，耶。但是有时我就是要从诗歌形式里逃走，并胡说

八道。我也是人，"人之常情"，某个脏兮兮老掉牙的哲学家这么说过。太脏了，当然，就连虫子都在交配。[……]

我想我已经得过普利策奖了。韦伯去年告诉我普利策的人已经联系过他，那本《死亡之手的十字架》获得了提名。嗯，不是韦伯喝醉了，就是别的什么人拿到了那本书，可能发给了某个肥胖的教授，那个教授写的韵文回旋曲证明他是有灵魂的。听我说，我就写到这吧，你可能觉得我醉了，其实我两天都没喝酒。天要黑了，洛杉矶是一个十字架，我们都被挂在上面，愚蠢的人们啊。傍晚 6 点，广播里放着中国音乐。清醒点，清醒清醒。

致约翰·班尼特
1967年9月

　　杂志圈对我来说可是个不太友好的动物世界。有三四个杂志还行，其他的基本啥也不是。某回有个叫《格里斯特》的杂志，把我一首诗里的"象棋"改为了"下棋"，这样剩下的那些词句就让我显得像个傻子。他们可以有自己的圈子，可以有他们自己的方式，但为什么非要逼着我也加入其中呢？感到很不爽，反正我写信告诉他们了。还有，很多杂志都说接受了我的诗，但我从来都没有收到他们寄来的样刊，他们也**从来没有**把我的稿子寄还给我。我没有备份，或者说我也没觉得自己的作品有多宝贵，但这事儿真是够恶心的。那些看上去高雅的杂志小编辑其实就是笨蛋、傻子、蠢货、杂种、施虐狂……问题是，这些小编辑都很年轻，一本小杂志对他们来说就显得很了不起一样，他们以为那就是艺术，是了不起的战壕，他们都在为勇气欢呼。但回到一开始，他们大多数人都是很烂的编辑，又没有钱，除了杂志社多少可能有点钱；大多数编辑也不喜欢他们的工作，他们自己也基本都是很差的作者，等他们厌倦了那个工作，就骂骂咧咧走人了。我已经在这些蠢货那里弄丢了一本诗画集，还有近300首诗。有时我想，我还不如去电话公司、汽油公司或警察局上班呢。

致罗伯特·海德
1967年10月18日

[……] 关于反战诗，很早之前，我就是反战的，当时这个思潮还没有这么流行，那会儿我的处境很孤独。二战，从某些知识分子或艺术家的立场来看，他们会觉得战争有好坏之分，但是对我来说，就只有坏的战争。我还在反战，还在反对着一切，我也知道其他情形，知道诗人和知识分子像四季一样变得很快，知道什么才是我信任并且愿意自己立足于其上的，知道我还剩下什么。现在有时我看着那些排着长队的抗议者，我很清楚他们的勇气仅仅是一种形式主义的勇气，在一个合适的团队里，做一件对的事情，这太容易了。当我在牢房里待着的时候，他们在哪里？二战？那时候他们可都非常非常非常安静。我从不信任这些衣冠禽兽，海德，我不喜欢挤在一堆人里。我就喝着我的啤酒，敲着打字机，等待着什么。

致哈罗德·诺斯
1967年10月21日

[……]另外——乱糟糟的信，总之，关于金斯堡，很明显他（很久以前）已经接受了大众给他的好处，那就麻烦了，因为一旦大众给了你好处而且你接受了，他们就开始在你头上拉屎。但是艾伦不知道这一点，他以为自己有足够多的能力去抵抗这些，但他并没有。他的胡子倒是站了出来试图拯救他，但是你不能用胡子写诗吧。我现在几乎不忍卒读他的诗，他那些标榜自己是**神**和**领袖**的诗，无趣又充满强迫感，然后他又抓住里利和鲍勃·迪伦这样的话题人物不放，他的举动都是错的。一眼就能识破他这些，但却没有人说出来，主要是因为他们都有点害怕艾伦，就像他们都害怕（更害怕）克里利一样。这是个很恶心的局面，有点像恐怖电影——你真的很想笑，但是氛围又紧张兮兮的。我想这整个扭曲残酷的事件都和现在的美国有着某种关系，尽管我不是很确定。欧洲也和我们这儿一样令人厌恶吗？我猜他们也差不多，但他们不至于这么众口一词、步调一致。

致哈罗德·诺斯
1967年11月3日

[……] 总的来说，《常青树》和《企鹅》都挺好的。我们也应该占据一束光，免得让那些写手和蠢货玩得忘乎所以。我们不会忘了我们是从哪里来的，不会忘了我们是谁。人还是要保持头脑清醒。对于冠军来说，他的下一场战斗永远是更重要的，他在上一场比赛里获得的成绩甚至不足以让他活过第一轮。写作是让我能保持活着的一种方式，是我的食物、粥、酒，是一场热辣辣的性爱。我这台打字机干净、耐磨、稳定、神圣。还好没人要求我站在舞台上为了所有人的生计去竞选总统，我已经做过太多很差的工作，如果他们需要神学他们可以去附近的教堂。我需要的是打字机色带、纸、可以吃的东西、可以住的地方——最好有一个朝街的窗户，有个在房间里的厕所，那样我就不用往楼下大厅里跑了，再有一个腿很好看的女房东，她总会时不时摩挲着自己的大腿在你身后蹭来蹭去。时不时地，在我身后。

致哈罗德·诺斯

1967年12月1日

今天收到了《常青树》第 50 期,那上面有我的一首短诗,比较靠后,要穿过一堆名人的作品,他们是:田纳西的威廉姆斯、约翰·瑞奇、琼斯、卡尔·夏皮罗、威廉姆·伊斯特莱克……但其他人写得都很烂,除了我的诗,还有希斯科特·威廉姆斯的一个确实很棒的剧本,那个剧本叫《本地污名》,曾在爱丁堡的特拉维尔斯剧院首演过,总之,写得真好。但瑞奇写得太差了,威廉姆斯和夏皮罗也很差。不过我很早之前就非常清楚——这些著名诗人,他们曾经确实写过一些不错的东西,可现在再也写不出好作品了,但他们不停地靠着所谓的名气、标签四处晃动,大众和杂志都在吃他们的屎。我没有出名简直算是上帝保佑了:我照样从大炮里发射着文字炮弹——滴滴答答。总之,收到《常青树》对我来说是件好事,它告诉我"一切皆无,无即一切"这个道理,以及如果你穿鞋了的话,你还是要系好鞋带,还有你要将自己的魔力展现出来,如果你还有魔力的话。我更关心的是我给他们写的斗牛长诗,希望它出版的时候我自己还能对它感到满意。想在《常青树》上发表的难处在于,有时你可能得找到机会跟一个之前从未见过的活着的高层握手,但这就扯远了,当然最重要的是要在肉上撒点胡椒和盐,把它拿下,无论它出现在哪里。有时我想，还是存有一些基本事实的，只是大多数时候，我们忘记了这些事实，或者我们在逃避它们，或者出卖了它们。可能关于《常青树》我写的这些都是废话，我感到不安，害怕自己变成一个所谓的好作家，仅仅是为了写出一些华而不实的东西。另外一方面，这其中也有种类似小孩在圣诞节打开袜子看到好东西的喜悦。那很好。总之，当你写完一首诗的时候，你就什么都不是了，不过就是个不值一提的售货员。比起《叙事诗》和《诗歌季刊》，谁不更愿意出现在《常青树》上呢？可能真正出色的厉害的人一直都还没出现，可能我们依然处在茧里，或者更糟，在属于我们的时代到来前，我们应该从这个茧里成熟起来。啊哈，嗯，我身上肯定有那些没上过学的水手的所有弱点，特别是当他们在海上 90 天都没睡觉，睁着小圆眼睛刚下船的时候。嗯，我也不想把自己伪装成一个像耶稣那样的人，而且一粒猫屎也没必要成为耶稣，你觉得呢？我觉得真没必要。

– **1968** –

致杰克·米什莱恩
1968年1月2日

[……] 是的，你说得没错——诗歌界滑腻腻的，被一帮软弱的骗子控制着，《诗歌》（芝加哥）多年前曾是一本还不错的杂志，现在也成了战场和那些软蛋假诗人骗子们的谎言机器，可他们还盯着我们不放——他们跑过来按响门铃，他们想看看屋里的这个人，看看他在做什么。他们什么也看不到，除了一个红眼睛的讨厌鬼，宿醉未醒，躺在沙发上，絮絮叨叨像街头卖报纸的伙计。[……]

虚名、不道德，这是其他人的游戏，当我们走在街上，如果谁也不认识我们，那就是我们的幸运，只要我们坐下来的时候打字机还能工作。

我的小女儿喜欢我，这就够了。

致查尔斯·波茨

1968年1月26日

　　［……］我喜欢**行动**。我是说，你知道那些杂志经常能有多慢，非常死气沉沉——哈欠，哈欠，哦我的妈呀，为什么要这样，你知道吗？我猜大多数杂志在等待什么资助或奇迹，但这些都迟迟不来，他们还要面对和穿过这个现实。这也是一直以来，我每周都给《开放的城市》写一个专栏的原因。**行动**，从打字机上跳到纸上，我再把它交给约翰·布莱恩，嘶嘶，它就**爆炸**了！要像新闻报道那样处理事情，因为凡事都有时效性，坏的艺术和好的艺术是同时被创造出来的。我是指时间因素也起不到什么作用，我解释得不太好，现在得赶着去收下午 5 点的信箱。

1967 年，布考斯基没能成功申请到国家资助的一个艺术项目。

致哈罗德 · 诺斯
1968年4月20日

[……] 写信给卡洛琳 · 凯泽，想另要一份空白申请书，无聊地再试着申请一次补助金。我听说过那些得到补助金的人，我也知道他们没什么特别的——我是说，就天赋而言。还有人根本没申请就得到了钱，还有人拒绝了补助金。我猜他们不像我这么靠近饥饿，他们也不像我这么接近疯狂和终结。嗯，亲爱的卡洛琳没有回复，我想她需要点时间。不过有次我很快就收到了信，是封很不错的长信，你知道怎么了吗？有人好奇地下和地上都正发生些什么事情，其实我们自己也不太知道。我猜这个神秘人盯上我了，我做好准备面对这个刽子手，还有一天到处都是联邦调查局的人，向房东和邻居询问关于我的情况，房东告诉了我此事，当时我在和房东还有他老婆一起喝酒，身上还带着导管。道格拉斯 · 布拉泽克告诉我大概一两年前，联邦调查局的人找他调查过我。你知道国家基金是由政府资助的吧？这可能就是卡洛琳没有

156

音讯的原因，也可能是我在胡说八道。想想我告诉过你曾有一个要人在一间长长的黑屋子里和我谈过话，大桌子的尽头有一盏台灯，非常卡夫卡。我被告知他们不喜欢我的《老淫棍手记》。我问："我们的邮政官员已经成为新的文学批评家了吗？""哦，不，我们不是这个意思。"见鬼，接着他告诉我："如果你只是写诗、出诗集，那没什么问题，但是这个东西……"他把有我专栏的报纸摔在了桌子上，留下后面半句话没说。是写作本身激怒了他们，但我真的并不淫秽。他们别想引我上钩。我们握了很长时间的手。然后他们就一直等我犯个大错，这样他们就能冲进来卡住我的脖子了。同时，他们也希望我对整件事越来越偏执，自己跳进阴影里，像冲厕所那样把我的好运都冲走。我真有可能那么做。当时我告诉少数几个我认识的人如果他们愿意他们可以救我，那太好玩了，只告诉了几个人，但再也没有他们的消息了，几乎他们所有人都没和我联系过。我早已弄明白，从根本上来说，这事就是狗屎。他们把我当成了人人躲闪的、在街角被抛出车外的烂人。

致D. A. 利维
1968年7月16日

[⋯⋯] 收到你的诗集《佛教徒三等垃圾邮件神谕》，很感谢，肯定地说，你的作品有它自己特别的气味。我敢肯定你已经发现了我的发现——我们投入其中的诗歌写作就是一场游戏，这里面有太多障碍——有一半被接受的稿件最终都没能发表出来，仅仅是因为它们被皮奥里亚高地那些打着哈欠的小人忘记了⋯⋯同时，这些作品在**迅速流传**，你可以**看到感觉到**⋯⋯**一次次快速开始**⋯⋯谁他妈想边等边腐烂？？？我们双手不停工作⋯⋯总会积少成多。

$-$ 1969 $-$

1969 年东布罗夫斯基发表了休·福克斯所写的《查尔斯·布考斯基：一篇批评和文献研究》。这也是关于布考斯基作品的第一个长篇批评性研究。

致杰勒德·东布罗夫斯基
1969年1月3日

[……] 关于福克斯写我的文章——好吧，我和他一起喝过几晚酒，如果你想听点什么劲爆的八卦——他不是我的菜。他在大学里，被夹在严酷教学的夹缝里。让我气愤的可能是我们一起喝酒的那些晚上，他始终在不停地说，他说的大多是些令人讨厌的没什么立场的谨慎的牢骚话，以及常春藤名校英语二级宣传员无可救药的废话……他跟某个女孩睡了，他跟某个女孩没睡成……我很好奇这些要么住着一周 5 美金的房子，要么睡在公园长椅上，要么在教会借住的家伙们，为什么会那么想……

你知道，目前最大的问题是，文学和生活之间一直都存在一个鸿沟，那些写文学作品的人根本没有在写生活，鲜活的生命已经从文学中消失了。当然，过去几个世纪里，也不断出现能突破这个问题的人：陀思妥耶夫斯基、塞利纳、早期的海明威、早期的加缪、写短篇小说的屠格涅夫，还有克努特·汉姆生——特别是他的《饥饿》，卡夫卡，以及徘徊着还没那么革命的高尔基……少数其他几个人……但大多数作家都屎。自从 1955 年起，有种倒退回屎的趋势，无疑，从那时以来，就一直有大量的臭人像幽灵一样出没在我们身边，吞没着大众，但我们现在已经身处腐烂之地了，一点突破口都没有，因为所有那些好作家真是写得太他妈好了，但是他们却都很相似，所以我们现在处在另一种变迁里吗？？？没有**巨人**。

好吧，也许我们不需要**巨人**。但不知为什么似乎巨人给我们留下了相当不错的短暂的改变。对吗？但是同时，我变得越来越厌倦了某种责任，厌倦了去成为人类的作家。答案在香肠天空的某处，我指的是精神，不是那些对着月亮胡言乱语的傻瓜，月亮上的第一次暴行、第一场战争用不了多久就要来临了。可能人类踏足一切未被开发之地，都是第一次的暴行。

好吧，你问我关于福克斯写我的文章。你希望我照直说？他写得太无趣了，太过学术又没有勇气。就是死啃书本的青蛙在幻想着死气沉沉的百合花。无聊，我再说一遍。让我说三遍就是：无聊，无聊，无聊。在那些听妈妈话的家伙那里，**诗歌的信息**或**力量**完全被忽视了，他们只知道这是这、那是那——这是这个学派的，那是那个学派的。去他的！我过去就经常不得不和回家路上的那些恶霸作战，从语法学校到大学，他们总是跟踪我、嘲弄我、冒犯我，但肯定有不止一个人，我就是其中一个，他们知道我保留了某种东西在我身上，他们恨那种东西。一直到今天都在恨。

伯格投给《笑文学和驼峰枪男人》的诗稿，1969—1971
年由布考斯基和尼利联合编辑。

致卡洛儿·伯格
1969年2月25日

啊，该死，卡洛儿，这些不是太好。我现在醉了坐在这，
在下雨，下了几天了。感觉不是很好。

《边界》有些很差的句子：

"柔软的手摇晃"

"软弱地逃避"

"复仇的刀子"

这都是些什么啊卡洛儿？你给我的都是些什么？

连回信的信封也没准备？

其中《边界》算是最好的了。

但是你的最后一行也很糟糕，是 19 世纪法国浪漫文学的
东西。这是怎么了？你知道的。

我想呈现一本好杂志。反复这么做意味着残忍，但有时
残忍代表了正确。

> 1966 年托马斯作为《地下笔记》的客座编辑，在接受将布考斯基的两首诗发在该杂志第 2 期后，他们有了交往。

致哈罗德·诺斯
1969年2月26日

[……]可敬的尊贵的约翰·托马斯，很有教养，博览群书，太博学了，后来他很严肃地对我说："布考斯基，每次你喝醉之后就变得很无趣。"他每次总是非要叫我布考斯基，就好像有观众看着我们，我们的身份要求他非那么叫我一样。约翰·托马斯满脑子都是词语和想法，非常有条理，又很沉着，沉着的艺术，强势又有条理，是很沉着，就像一个马屁机关枪架在一张光滑的三脚桌上，不停地发射着漂亮的子弹，和庞德、奥尔森、克里利一样，干沙般枯燥，然而我还能听他说下去是因为从某种角度来说他算是很幽默。端着酒杯，我告诉他生活真是太恐怖了，那些人，那些组织，以及死亡的终结，全部都很混乱。他就会说："布考斯基，你又没签过任何一份写着生活必须美丽的合同。"接着他就靠在椅背上，稍微舔着他的嘴唇，他靠他的舌头、嘴唇和身体生活，当他留着大胡子扭着大屁股穿着蓝色牛仔裤闲逛的时候，是一个

非常漂亮的女人在资助他。这很值得尊敬，另一方面，也很令人鄙视。我告诉过他我觉得你是在世的最伟大的诗人，他听了之后站起来，给我读了一些克里利和奥尔森写的非常可怕的东西，我就坐在那里听着，一言不发，但他们写得太单调了，数学化、机械化、牵强附会，最后那个老黑胡子自己叹了口气，坐进他的椅子里盯着我看。认识一个托马斯，让他把他所有的子弹都打在我身上，这事挺好的，我慢慢思考着，听着他说的东西，最后我会说："你停一下。"接着我会说一些反驳他的话，不是出于抵抗，仅仅是因为听烦了。然后他会说："哦，公元前 200 年，在大战之前，奥杰尼斯·奥梅格斯在帐外的空地上对他的门徒说过……"至少托马斯乱写了不少东西，这些英语教授总要跑到我这里来，他们看起来都很像：高、温和、很瘦，却试图去写**有关生活如何艰难的东西**。天哪。一年花三个月去写些很烂的小说，再把我从床上叫醒，要给我看他们的诗——硬汉派的东西——和我一起喝半打啤酒，然后盯着我看，好奇我为什么这么胖这么累这么虚弱这么精疲力竭这么病、愤怒、无聊、对什么都没兴趣。或者你会遇到另一种类型的人，那种在加利福尼亚海边有房子的有钱势利鬼，还有一个在路易斯安纳的家伙说："家会让一个人变得贫瘠，会消耗他的能量。"然后他把你给他的信改写为现代小说，而且你问他要的时候他不会再把信还给你，因为他们可以帮你活下去，你只需要付房租，你很幸运，只是当你弄到这些房租的时候，这些卑鄙小人在一年级或二年级的英语课上，会对他们的学生说些什么呢？那一定非常令人作呕……这些小博士们，这些从未少吃过一顿饭、从未醉倒在地板上、从未打开煤气试图自杀的家伙们，这些一刻都不能没有名气或荣誉的博士们，他们到底会怎么教那些孩子？？？他们**能**教他们什么？零。但是，然而，每个人都看上去**很酷很有智慧**，这只是表象，充斥着已被浪费的几个世纪的腥臭味。

我每次都不知疲倦地要告诉你你写得有多好，你要习惯这一点啊。我几乎讨厌大部分的写作，是的，现在能告诉某个人他写得有多好真是太好了。俄罗斯文学有好的，屠格涅夫比契诃夫好，尽管他们俩都被风格化了。海明威找到了适合的风格，但是仅仅在他前半期的作品里能感到血液的流淌。你是唯一锋利又受辱的纯粹诺斯式的现实主义者。我知道 W. C. 威廉姆斯为什么要咬你了，你嘴巴的枪口正是对准他。他写过三四个好东西，你却持续伟大和不朽。当我读你的东西时，我自己的写作也变得更好——你教了我如何在冰川中奔跑，如何摆脱那些呆板的家伙。并不是说那就是好的，你知道我在说什么。天哪，你！诺斯，我刚刚烧焦了一整盒法式炸薯条，就在我写这些关于你的话的时候！我一天都没吃东西了，嗯，啊，呀，现在是两天了。现在外面有个酒鬼在翻一个底朝天的垃圾桶，我们很快都要进监狱了，很快我们都会……一小片腌菜贴在一个罐子上……哦，天哪！什么鬼，天哪，牢笼……但我没签过**合同**，不是吗？什么是"合同"——

他们的鬼话……

毕加索并没有把布考斯基的诗歌印在她的文学杂志上。

致帕洛玛·毕加索
1969年底

　　谢谢你写来的私人信件，我本想给你寄去我写的东西，但无论如何我不想让它们恶心到你。辛克莱·贝勒斯已经和我说过你的计划，他有三首之前发在我那个小杂志《笑文学》上的诗，我认为从写作方式、形式、幽默感来说，它们都是我过去这几年里看到的最好的诗，有生活质感，节奏很好。你是知道辛克莱的。不过我有自己的苦恼。我是少数几个没把巴勒斯[1]当作行走的神的人，我觉得他很做作、很哗众取宠，他自己过得稳稳当当，却空想着贫民窟生活。计算器公司不停地给他加钱 \$\$\$ 呢。那太容易了，但我可不想让自己表现

1　威廉·巴勒斯（1914—1997），美国作家，与艾伦·金斯堡及杰克·凯鲁亚克同为"垮掉的一代"文学运动的创始者。被誉为"垮掉的一代"的精神教父和美国后现代主义创作的先驱之一。晚年涉足演艺界，创作流行歌曲，拍电影，绘画，还为耐克运动鞋做过电视广告，几乎无所不为。主要作品有《裸体午餐》《瘾君子》《酷儿》等。

得那么下贱。我才不会那样，因为我永远只能说我想说的。我要让我放浪形骸的思想保持自由。很久以前在新奥尔良的一个小巷，我那时在尼克尔糖果酒吧打工，我就经常放飞自己的思想。这不代表我是"疯子"，或者就算是吧。总之，现在是凌晨 2 点，我在这敲打着，坐在照着打字机桌的两盏破台灯之间，这个桌子是我死去的父母以前给我的生日礼物，我在这个让我发疯的打字机上打着字，听着从 19 美元的节俭药店收音机里播放的难听钢琴曲，我想说，今晚我又一次罢工了，这会儿试着删改随信给你的诗里的三四个坏句子，到现在已经喝了 11 瓶（啤酒）了哈哈——我说到哪儿了？

哈。

这些都是我过去两周新写的诗，好像有种说法是一个人两周内不可能写出什么好诗，我可不相信。我相信那些无论怎样都必须要写的，这取决于你自己。不论幸或不幸，在逝去的每一天、每一年里，我都感到自己的力量正越来越多，肯定，也有少数低潮期，那时我会很真诚地想着怎么杀死自己，那种感觉很迫近，特别是伴随着宿醉。然而，可能对我们大多数人来说，这很普遍——哦！现在放的是**勃拉姆斯**！——该死，我不知道他还写过这么烂的钢琴曲……另，另外还有件事你知道——说到埃兹拉·庞德，真没法读他的《诗章》，它们挫伤了我的脑袋，根本读不下去。我出了什么问题吗？难道我真是个头脑简单的白痴？然而，看起来尚有平衡，比如，说到工作，在笼子里，我身形很大——235磅，温和，不和人争吵，年近 50，我清楚我快把自己糟蹋透了——他们也不知道我还在写作——那伙人真可能会打我——我仅仅只是笑笑——他们控制不了我——有人甚至控告我是同性恋——我还是笑笑——面对他们的愤怒我只能笑——那太美太堕落太有魅力了——像件艺术品——我喜欢他们但他们却伤害我——几乎都是因为相同的原因——他们无法放下仇恨和谴责，那经久不息……经久……

好的，我看到了你提供的提交投稿的信封，但几乎每次都是失败的提交。好的，总之，这个院子也醉了，我住在好莱坞最后一片贫民窟的某个院子里，这儿的人都醉得昏天暗地，拉拉都想变成女人，女人又都想变成拉拉，都是那么回事儿。有个28岁的女孩来敲我的门，每天都给我写7页信，她过去经常和八脚蛇还是大蟒蛇跳舞。我其实并没有看上去那么疯，我就是喜欢安静，喜欢喝醉，喜欢赛马和看女人穿着尼龙紧身袜的腿，喜欢把玩她们纤细的脚踝去看看她们灵魂里还剩下什么，去看看她们眼中我的灵魂……

当然，该死，希望你能在这些诗里选出一首或两首，如果可以把你没选上的寄回给我，退稿，拒稿信，都对我的灵魂有好处。我现在的灵魂是一个杂种。

– **1970** –

下面这个自述最初发表在《醉酒的奇人和其他贡献》上，由贝拉尔特翻译为荷兰语。但是它的英语版未被发表过。

致杰勒德·贝拉尔特
1970年1月11日

[……]《自述》

请看这些诗歌——简单地说，可能有点夸张：它们是我用我的血写出来的。它们出自我的恐惧、冒险、疯狂和不知道该如何是好。它们被写出就像墙立在那里，抵抗着敌人；它们被写出就像那墙倒了它们却安然无恙，并且它们撑住了我，让我知道我的呼吸庄严而暴躁。这其中没有出口，也没有赢得我所独有的这场战争的方法，我所走下的每一个台阶都是通往地狱的台阶。我感觉白天都很糟糕，然后夜晚降临，夜晚降临，可爱的女人们都和其他男人睡在一起——那些长着老鼠脸、蛤蟆脸的男人。我盯着天花板，听着雨声或者听着寂静，我在等死。这些诗就是在那种情形下写出的。或者相似的情形。如果这个世界上能有一个人理解它们，我就不是完全孤独的。这些诗是你的了。

致马文·马龙

1970年4月4日

[……] 我的希望是你能尽力把《苦艾书评》一直做下去。自从 20 世纪 30 年代末我就开始看这个杂志了，所以虽然我不能用他代替《爆炸》或早期的《诗歌：一本诗的杂志》，但我一定会将它置于老《小说》《局外人》《腔调》《十年》这些杂志之上，《苦艾书评》强有力地塑造了一种生动的、有意义的文学。如果这个评价听起来很老套，也暂且这样吧，你已经做了一件有轰动效应的大事。

等我卷根烟。你瞧，是的，我知道你不想收到爱慕虚荣的人给你写的信，但我希望你明白我不是爱慕虚荣的人。你可能已经听说了一些扣在我身上的屎盆子和鬼话，不过我建议你别听信那些谣言八卦。我是个不合群的人，一直以来都是，仅仅发表了一些情诗并不代表我要改变自己的写作路径。我也从来不喜欢那种文学范式，不论过去和现在。我和我的女房东、男房东一起喝酒，我和某个骗子、疯子、无政府主义者、小偷们一起喝酒，但我想离文学远远的。天，他们是如何在撒泼、持续造谣、又哭又闹的？当然也有例外，里奇蒙德就是一个，没有关于他的谣言。我可以和史蒂夫一起喝 5 瓶或 10 瓶啤酒，我们也不会聊起悲惨的有关文学的废话，或者其他任何废话，你应该也能听到他在笑，但那是另一种情

形，很多其他情形，我们聊的是娇生惯养的男孩、售货员、推销员、扶不起的阿斗、傻子、邪恶的爱巴结的人。[……]

是的，我在兜售我的诗和画，我到底在干吗？不过这样生活也挺好的——我清楚写作和画画正是我喜欢的生活方式。我不知道还能这样挣扎多久。你说要给 2 首诗 10 美元，天哪你太有爱了，不过，既然我在兜售作品，我们能降价一半吗？2 首诗 5 美元怎么样？那样的话这 8 首诗发表时，就是20 美元。我这么卖作品并不是在开玩笑——这终究是一个伤心故事，即使我很爱她——而是因为你知道，在贫民窟用打字机写作是很难的。所以，马龙，无论什么时候，如果你能给我这 20 美元，我都会要，好吗？

致约翰·马丁
1970年5月10日

[……]我不能接受你提出的要给我的小说（《邮差》）加词典注解，但如果你要坚持，我们可以试试不停写下一堆单词。我觉得大多数措辞的意思都很明显，即使对一个门外汉来说也是。我还是非常高兴你可能就快要开始做这本小说了，所以如果十分必要我会妥协的。我也觉得注释能让作品变得通俗化，以及能带来某种商业效应，不过，给我一点儿时间再想想。

致约翰·马丁

1970年7月（？）

[……] 关于《邮差》，我标出了那些令我很心烦的"完美英文"。但如果你就想那么改，好吧。但有些地方我真的难以忍受，还是按我原来稿子里写的那样比较好。第五页：

第三行："还没有领到工资。"这样看起来很做作；"还没领工资。"[1]这样好点。不过，不管怎样，每次我再看这个小说，它都显得更好了。我感觉自己放弃了之前的坚持——这不是在表达不满，只是记录一下。对，如果我们能售出影视版权那当然太好了，那我们俩就都能富起来啦。我们五五分怎么样？你来决定。我会在一个大办公室看见你，那里面都是拿着全薪的员工。我呢，我同时和三个年轻的女孩住在山上的一个老屋里，哈哈，这是个梦！

1　此处的两句原文分别是"and did not get paid."和"and didn't get paid."。

致卡尔·维斯纳尔

1970年7月11日

[……] 关于《邮差》，我知道约翰·马丁一直在拖延。他是个很好的人，不过他同时要忙于太多事。他声称我写《邮差》时有点神志不清——那是个过渡期，我刚结束了11年的搭车生活。好吧，他是对的，我是一团乱麻。他说那是一个好小说……可能算不错的小说，但时态是混乱的，分词也有问题，都有问题。他说他要校对一遍语法，然后制作打字稿。我不赞同他的做法。我觉得就应该直接阅读手写稿。约翰已经为我做了很多好事，但他这个人条条框框太多。他是不会承认的，但所有他出版的作家，除我之外，都不怎么危险和新锐。他们都太安全，但马丁赚到钱了，真不赖……这多少证明他是对的，他甚至还想让我在书前做一些类似字典注释那样的东西，去解释其中的某些邮局术语。我没照做，还试着让他放弃那个想法。但他又写了回信，说我之所以感到不高兴是因为我输了赛马。他有时真是拿我当傻子。有天晚上我要去上一个广播节目，他给我打电话，试图告诉我在节目里该怎么**说**。"听着，约翰，"我不得不对他说，"我们俩到底谁才是布考斯基？"但作家就是要忍受这种和编辑有关的事情：永恒的，不朽的，错误的。

约翰说他想暂停一下《邮差》的进度，直到《日子像野马穿过山岗一样跑走》卖完才行。他说当一本新书上市的时候，旧书就得停止销售，所以我们现在需要等待。"我向你保证，"他写道，"德国人肯定无法接受现在这个样子的《邮差》。"他究竟想说什么？没人修改过《老淫棍手记》里面的语法。我跟他签过合同，他有要不要我接下来三本书的选择权，这就是原因。并且我认为他会守着打字稿不放，直到他自己可以做这本书的英语版。当然，如果我继续这么闲着，你和梅尔泽也还是闲着，我可以给你寄去别的一些作品，到时候我们可以看看有没有其他人会接受它们，以及有没有讨价还价的机会。天哪，我还要再检查一遍他修改过语法的版本，有些地方要改回我原来的样子。他说这本书将会在秋天或冬天或什么时候出版，但不管怎样我知道事情在拖延。以往他出版的书都相当安全，但是在《邮差》里，有很多性爱和责骂，可能还有些疯狂。我觉得这本写得比《手记》好，里面的章节是短机关枪风格的，希望能提供一种激情和速度，能远离我所讨厌的那种小说氛围。

别误会我，约翰人挺好的，我只是感觉到他有点害怕出版这本书。它有种远远超过文学的生猛，我下意识地觉得他在害怕这本书会毁了他的名声。我们都会遇到这个——已死的陈腐的东西，我感觉自己被锁在了里面。[……]

顺便说一下，我已经将小说里的三四个章节卖给了低俗杂志，其中一篇就快出来了，另外几篇也已付过我钱。这些都是我把稿子寄给马丁之前的事，那就像是把你的一个孩子送到该死的坟墓里去。总之，刚打出这本小说的时候，我可没听到任何对分词问题的抱怨，我真应该把这封信寄给马丁而不是给你，但他也只会给出父亲般的意见。甚至有次我告诉了他："天哪，你的言行真像我父亲。"接着我对他说，"也许我应该把你的名字作为联合作者署在《邮差》上。"

"哦，不，不，你不理解我，我没有改变你的风格，没有改变你任何。我希望你能按你原本的样子获得成功。但我保证德国人绝对不会⋯⋯"

"是的，父亲。"

"听我说，我给你打过电话，布考斯基，但你总是不在。你是在喝大酒还是去赌马了？"

"两件事我都做了。"

就是这么回事，卡尔，一堆谄媚的黏糊糊的烂事。我写到一个家伙在做爱时花瓶掉到他屁股上的场景，那取自我的生活，我的妻子，在山上一个飞满苍蝇的地方，那儿还有一只傻狗。这都是书里的段落。我妻子边吃中国蜗牛的屁眼边吐，我自己则在那儿发着牢骚："每个人都有屁眼！就连树都有屁眼，只是你看不见它们。"等等，等等。

有人给我打电话："我在低俗杂志上读到了一点儿你写的东西，那是你小说里的吗？"

"是的。"

"天哪，写得很有趣！这本小说什么时候能出版？"

"现在还有一些技术上的延误。"

"告诉他快出版吧，我都等不及了。"

"恐怕,"我告诉他,"你不得不等。"("告诉了"[1]——哈哈哈!手写加上的)[……]

好吧,我想我今晚牢骚太多。我就是个来自安德纳赫的家伙,有人告诉我那就是个蹩脚保守的地方,嗯,批评安德纳赫就是在批评我。安德纳赫是一个悬垂分词,是一条干燥的阴道,是冰水里的一只苍蝇……但我就出生在那里,每当有人说起安德纳赫,我就咧嘴笑笑,说:"是的。"就让他们那么说我吧,差不多就是这些。

1　此处前一个"告诉"原文是 tell,括号里布考斯基又用 told 修正了一下自己的时态错误,是他对那些令他不厌其烦的语法问题的一种戏谑和幽默。

致罗伯特·海德和达琳·法伊夫
1970年8月19日

　　在我看来，妇女解放组织里的有些成员正试图强制实行一种针对表达自由的审查制度。这种审查制度甚至超过了某些城市、国家、州和政府的力度。这些组织试图践行相同的目的和方法。一个男人即使不憎恨女性，他也可能写一个有关性爱或者甚至是有关坏女人的故事。姐妹们必须要认识到针对某种写作形式的限制，最终将会导致对所有写作形态的限制和控制，除了某些被批准的形态之外。一个作家必须被允许可以触及任何东西。塞利纳曾被指控为"反犹太主义"，当被问及他具体写到的某个段落——"犹太人沉重的脚步声……"，他声明说："我仅仅是不喜欢**人**，在这个情况里，碰巧出现的是个犹太人。"某些特定的群体在被提及时，总是表现得尤为敏感；某一类人很反对自己被用作例子。在托马斯·沃尔夫写完第一个小说后，他连家都回不了。直到后来，直到他得到了批评家的裁定和认可，直到他赚到了钱。那时那些人才开始自豪于出现在他的小说里。只要有了限制，创作就无法振作。告诉姐妹们继续穿着她们酷酷的短裤吧。我们都需要彼此。

致哈罗德·诺斯

1970年9月15日

没有什么可写的。我忧心忡忡。很多故事在我还没能写出来的时候就已经很流行了。我完了。当然，我去写了一些诗，但你又不能靠写诗交房租。我非常低落，就是这样。没什么可写的。没有希望，没有机会。要毁灭了。尼利写信说他在每个地方都看到了《老淫棍手记》和《企鹅》第 13 期。现在《手记》已经被翻译成德语，得到了一篇很好的书评，发在《明镜周刊》——德国的新闻周刊——有 100 万的发行量，但也仅仅如此，我的东西可能就像是开膛手杰克写的。很难以为继。今天拿到了两个月以来的第一张支票——一个 50 美元的很烂的小说，发在一个低俗杂志上，写了一个精神病院里的家伙，他翻墙，跳上一个巴士，摸了一个女人的乳头，跳下车，跑进杂货店，抢了一包烟，点着，告诉所有人他是上帝，接着故事快结束的时候，他掀起了一个小女孩的裙子拧了她的屁股。我猜这就是我的未来。毁灭毁灭毁灭。哈尔，我很消沉，无法写作。

致拉斐特·扬
1970年10月25日

[……] 我不得不去喝酒和赌博，好从这台打字机前走开一会儿。并非我不喜欢这个老机器，特别是当它能正常工作的时候。我知道什么时候要坐在它跟前，什么时候最好离它远点，这是有窍门的。我真的不想成为一个职业作家，我只想写我想写的东西，否则，写了也都是浪费。我不想让我的写作听起来有多神圣，它并不神圣——它差不多就是大力水手，但大力水手知道什么时候应该行动。海明威也知道，直到他开始宣扬要"训练"；庞德也说过写作就像一个人要完成他的"工作"。这些都是废话，我要比他们都幸运，因为我曾在工厂、屠宰场和公园的长椅上工作过，我知道**工作**和**训练**都是下流话。我知道他们想说什么，但对我来说，它是个不同的游戏。它就很像一个好女人：如果你一天和她干三次，一周七天，通常那种感觉都不会太好，所有事情都需要休息重启。当然，我记得一个女人，我和她在一起可以那样。当然，我们都喝了酒，忍饥挨饿，除了担心死、房租、冷酷的世界之外，无事可做，所以我们可以那样做。（简。）但我现在又老又丑，女孩们很少到我这里来，所以我只有赛马和啤酒，只有等待，等死，在打字机上等。当你20岁的时候，你自以为是、耍聪明还过得去。我才不那样，因为以我的方式

我总是很弱智，现在我更强也更弱了，现在刀锋正架在我的喉咙上，我选**或**不选，它都在那里，非常肯定。并且我从来也没怎么热爱过生命，它几乎就是一个非常肮脏的游戏，生来就是为了去死。我们什么都不是，就是保龄球而已，我的朋友。［……］

　　盖伊·威廉姆斯尝试从英文系筹一些钱，好用来办一个朗诵会。给奥登筹到了 2000 美金，其他人大都只得到 3 到 500 块不等，可怜的威廉姆斯，他最好去弄一大火车的屎。英文系不需要布考斯基，好的，他们是对的，在洛杉矶城市学院的时候我曾经得过两次 D。总之，威廉姆斯最后从艺术系的基金会帮我筹到 100 美金，让我去开一场诗歌朗诵会。希望那没有令他崩溃。相信我已经告诉过你朗诵会是最让我汗流浃背、焦虑不安的事情了，但当我辞掉给邮局送那些该死的邮件的工作，从那个赚钱的差事里溜出来后，就没有人会给我交房租了，因为我几乎整天都无所事事，喝啤酒，听听肖斯塔科维奇、汉德尔、马勒、斯特拉温斯基。所以，我读了，我最后一个朗诵，在加州长滩，最开始我差点吐了，接着我边流汗边读，汗流到桌子上，虽然我用手擦掉了，但另一个我从始至终都看到汗水还在桌子上。好吧，假如奥登值 2000 美金，也许是因为他能教我们点什么吧，可能是教我们怎么挨打。

> 下面这封信里布考斯基讨论到的短篇小说是《抹了烤肉酱的基督》，1970年发表在一个通俗小报上。

致威廉和露丝·温特林
1970年10月30日

[……] 我给你们寄去这个小说，因为我想你们可能都能**看见**食人者也同样是人类。就像蜘蛛就是蜘蛛。我是说，你需要你所需要的，它就根植在那里。道德仅仅是交织着民主和法西斯的思想，只能看见相同的景象、规则、密码或其他什么东西。这都是常识，没有争议。

这个小说取材于一篇新闻报道，我自己并没有看到，但有人告诉了我，当时我正和他还有他妻子一起喝酒。他现在是一个教授了，我告诉他那不值得，因为那样他们就能阉割他了，不是立即就割，但事实上就是那样。当然，他妻子喜欢那样，而我喜欢他妻子，这令一切都很混乱。很多教授我都不让他们进我的门，我告诉他们我有流感，我确实经常感冒，我夺过他们的啤酒，说谢谢，然后坐在黑暗里期待听见莫扎特或巴赫或马勒，特别是马勒，同时喝着那些尿。我说到哪儿了？哦，对，新闻报道。我从新闻里找到这个故事。

它是这样说的，我想，当他们把车停在得克萨斯的路边，他们逮住了那些人，其中一个人还在咬着一根手指上的最后那点肉。嗯，我当时在喝酒然后听到了这个故事，我觉得那很有趣。我是说，是的，你们知道的，宝贝们，我曾在屠宰场工作过两次，当你看够了到处都是带血的肉之后，你就知道肉就是肉而已了，而且那些肉不知怎的都被套住了，就是这样。现在我不可不想被抓住、被烤、被吃。我已经老了，但我的左口袋里装了一块好钢，除非我醉的时候他们来抓我，或某个人自己想流点血（看看凯撒）。我们说到哪儿了？总之，我觉得那个故事特别好，得克萨斯的食人者。我觉得很多医学博士、外科医生都尤其是食人者，只是他们没有本事到处招摇罢了，所以他们只能到处犯混剪来剪去。那个故事，故事。我在喝酒。混乱。啦啦啦，啦啦，我说这么多就是为了告诉你们那是怎么发生的，去展示它，基本上，那不是犯罪，而是因**某事**引发的一个**活动**。

这是一个幽默故事，因为除了犯罪，它承认人类的所有可能性；它其中的幽默感是：我们仅仅被教会了一种高贵的观念和可能性，关乎被叫作生活的枯燥的数学。

致约翰·马丁

1970年11月（？）

结束了一些破事。也不是说所有事情都不好。既然我已经接受给《坎迪德报》写四个专栏，让我们看看他们会做什么吧。我不介意小的修改截肢。我感觉我太老了受不了被破坏——创造性的——那像是彻头彻尾的死亡，根本无法摆脱。但是，基本上来说，写作是件苦差事，我确实很乐意看到多来一些 $$$$。那对精神有益。

别误解我。当我说实际上写作是件苦差事的时候，我不是指生活很苦，假如你能侥幸逃脱。能靠打字机生活简直是奇迹中的奇迹。而你的帮助已经是令我振奋的天大的帮助，你不知道这作用有多大。但是像其他任何事情一样，写作也有它的规律。一小时一小时过得很快，即使我没在写作的时候，我也是自洽的，这就是我为什么不喜欢附近的人带着啤酒来找我聊天。他们扰乱了我的视线，让我的思维停止流动。当然，我也不能整日整夜地坐在打字机前，所以赛马场是个很好的去处，可以让思维**恢复流动**。我能理解为什么海明威需要他的斗牛场了——那是一种能重启他视野的快速运动。赛马对我来说，意义是一样的。我和所有人一起在马场里，我必须完成这个运动。这就是为什么每当我输了之后，我就得更努力去赢得比赛。首先，我承担不起；第二，我意识到我做了错误的决定。只要一个人懂得赛马的艺术，马儿是能为你战斗的，同时，马儿也吃掉了你的空闲时间，那正是一个作家需要的。所以，我因此试着去玩所有能玩的——所有可能的空闲时间里，我又有了活力，打字机又开始发声。当打字机静止的时候，我就又回了赛马场，去测试我在这个游戏里的准确性。我猜我现在不太清醒了。哈，就这。

致卡特·约翰逊
1970年12月3日

　　漏了署名没有问题。

　　很高兴你们选了我的一个作品。那 45 美金的支票也没有退回，并且让我可以去修理我那辆 62 年的老彗星，它又能跑了，带着我去参加一些不值一提的朗诵会，我喝得半醉读了诗，又因此赚到了一些钱。现在我在听海顿。我快疯了。不过很喜欢写这个故事，在报纸上读到他们在哪里抓住了一些食人者——我想是得克萨斯——当他们把那些人逮住的时候，有个家伙正从一个手的手指上啃下上面的肉，咬着……我是从那儿得到这个故事的。

致杰勒德·贝拉尔特
1970年12月4日

[……] 另外有个晚上，有人刚给过我一本《城堡到城堡》[1]，所以不用给我寄了，但还是很感谢。我正在读这本书，没有超越《去往暗夜尽头的旅程》，他把精彩的宣泄放进了这本书里，但他站得离自己太近了。并且，这本书很缺少《旅程》里那种洞穿恐怖的幽默感，特别是当真相按着特定的方式和风格摆放的时候，那往往会令人大笑不已。但我猜恰恰因为他的屁股曾被踢过太多次，一个男人最终陷于屈服和挫败，失去了那种细微的触觉……伟大的艺术是金笼子里发出的纯粹的咆哮。这次塞利纳仅仅是相当于对着我们扔了些烂苹果和鼻屎。尽管如此，从另外一方面说，假如《城堡》不是塞利纳写的，而是另一个什么人写的，我会说："话说在这里，听着，这本书真不赖！"但就像贝里斯的情况一样——你只能把最好的放在一起做对比，你忍不住要那么做。一旦一个人能直接往空中跳18英尺，当他转回来只能跳13英尺的时候，这对我们来说是不够的。

1　《城堡到城堡》（*Castle to Castle*），法国作家塞利纳的长篇小说，讲述了他从法国流亡到德国的窘困生活，以及在丹麦西部监狱里的种种遭遇。揭露了战争的残酷、疯狂、对生命的戕害和对人性的摧残。

致诺曼·莫泽
1970年12月15日

是的，我们都挺过了琐碎的日子，不然我们就死定了。或者说我们活着但却毫无生气——"这个男人死寂的人生／那个男人垂死的生命"，当他处境好的时候他便是斯蒂芬·斯彭德。现在，见鬼，我弄丢了你寄给我的东西，你叫我写个关于什么的什么东西，所以我只能写封私人信件来敷衍你了。你喜欢什么就做什么吧。我们都取得了不少进步，我们取得了吗？——自从你那时拿着睡袋和一捆诗歌，我给你了10块还是20块钱，我还说这首诗不错所以我不在乎其他诗怎样，但是有个家伙挑出你最差的一首诗说："现在，看这是一首诗吗……"我压根不懂他为什么要那么做，我猜我们当时在喝酒，接下来发生的事都是因为那首诗，你和那个家伙骂了起来，接着他把你撵了出去，我记得你的眼泪……你成捆的笔记本和用绳子捆起来的脏袜子。那太伤感了，对，当然，太悲哀了。我们一起走下楼梯时你说："布考斯基，我没有地方可去了。"我却说："听着，孩子，我太孤僻，没法忍受身边有人，不管好人还是坏人，我必须自己待着……天哪，你自己找间房子吧……"然后我塞给你一张纸币就跑进了夜色。布考斯基这个厉害的明白人其实是个懦夫。我就这样用钱摆脱了你。仅仅因为我骨头缝里都透着孤独。我最后一次见你的时候，你看上去过得舒心多了，那是在我新墨西哥大学的朗诵会之后，尽管在你看来我有点醉了，我还是注意到你好多了、平和多了。你说起过去的日子，说起我给你手里塞的那张钱，那种感觉有点奇异，但很好玩，在很多年后，在距离那件事发生的地方无数公里之外，我们都老了，特别是我，但我们都还活着，真好。

说回你寄给我的那捆东西，你问的某些问题或你的思考，或任何……是的，这是不朽的时代……所有我们的时代都是不朽的，因为每个人的生命会具体到 1970 年、1370 年、1170 年……是的，无疑我们已经上了一个台阶，有史以来第一次我们有可能不再处于国家对国家的战争里，反而处于肤色对肤色的战争里——白皮肤、黑皮肤、棕皮肤、黄皮肤。大街上充斥着猛烈的恶意和敌意。白种人自己最大的问题是他们大都相互仇恨；其他种族也是如此，但没到我们这种程度。我们缺少兄弟般的凝聚力。我们只有可怕的头脑和聪明才智，只有瞄准时机去竞赛的能力，以诡计取胜，以智取胜，直至彻底击败对手。不论白人多么讨厌他们自己，他们还是有天赋的，但是因为这样那样的原因，这天赋可能会消失……斯宾格勒很多年前就写出了《西方的没落》……种种迹象显示……白人要么最终能开始有点灵魂，要么他们的聪明终将不过是溢出的精液……

可能这些根本不是你信里要说的。自从收到它后，我度过了太多烂醉的晚上和绝望的白天，我总是在弄丢一切：一个个工作、女人、圆珠笔、国家艺术基金的申请，打架也输，等等……我写到哪儿了？

哦，是的，我必须要说，不管怎样，一个诗人冒充先知是危险的，诗人或作家冒充先知。在美国，大多严肃作家在他们获得认可前都已默默写作了很多年，假如他们有机会被认可的话。不幸的是，得到肯定的都是那些该死的蠢货，因为他们的思想更接近大众的思想。大体来说，不论在什么地方，一个有魄力的作家都要领先于他的时代20至200年，他也因此要忍受饥饿、自杀、发疯，直到他大量的作品后来能以某种方式被发现，那要在很久以后，在一个鞋盒子里或在某个妓女的床垫下，你知道。

好吧，然后，我们就可以说一个伟大的美国作家最终成功了……那表示他终于不用担心交房租的事啦，他甚至还能时不时地和一个长得很好看的壮女人上床。他们（作家，不是女人）大都已经忍受了5到25年的被漠视——因此当他们终于得到一点认可的时候，他们难免失控。发疯了？对！这里是电视台？好吗？你为什么想让我说这些？好，我会说。你到底想知道什么？世界历史？人的意义？生态学？人口大爆炸？革命？你到底想知道什么？《生活》杂志的记者？可以，让他进来！

这个家伙已经在一间小屋里喝了15年廉价葡萄酒，要到楼下大厅的厕所去拉屎。当他打字的时候，老女人们会用扫帚敲着她们的天花板和地板，那真是吓他一跳……

"别吵了，你这个笨蛋！"

忽然通过她们的这些把戏，他知道……他的工作被禁止了，他走到百老汇，在圣诞游行的人群里闲逛，他们发现他是一个诗人……什么都有用，天分很重要，但有时也不是必需的。有句最伟大的话，不是哲学家说的，出自一位总是要努力保持自己250支全垒打水平的棒球运动员……里奥·杜罗切："不是我做得多好，我仅仅是比较幸运……"这是因为杜罗切知道，10或11次内野里的幸运反弹信号，将意味着在小联盟和大联盟里取得不同的成绩。

所以你已经见证过美好又老派的美国。现在可能只有十几个作家还保有写作的热情和火力。可以说，他们之中，有两个人已经获得了认可（无论如何，是幸运的），有八个人一直走到坟墓里也难以发表任何作品。另外两个要在很久之后才能因为某些偶然的机会被发现和发掘出来。

那么这十几个作家里有幸被置于万众瞩目的中心的那位后来怎么样了呢？简单，他们杀了他。他已经在那些狭窄的房间里忍饥挨饿太久了，所以他觉得现在他值得拥有涌向他的一切——他出卖了自己，试图去填满孤独之年的空虚……

"亲爱的埃文斯先生：

您能就黑人白人的问题或嬉皮士或今日美国将走向何处，写点什么吗？就是类似这样的主题，您放心，只要是您写的，任何东西我们都会采用的。收到稿子后，我们就会给您稿费，根据文章的长度，每篇1000—5000美金不等。我们一直都很赞赏您的作品……顺便问一下，您认识我们的副主编弗吉尼亚·麦克安利吗？她曾在大学二年级的英语课上坐在你旁边，在……大学？"

所以，这个一贯保持了自己风格和能量的作家，这个一直严格在艺术形式内部保持真实的诗人，忽然被财富砸倒了。他被安排去大学里朗诵，出场费 2000 美金到 5000 美金不等，还包括其他开支，包括他在朗诵和聚会后所有的消费开支，如果他那时候还有精力去瞎搞的话……对经常被房东嫌弃、住在 8 美金一周的房间里的人来说，让他避开这些诱惑太难了。以前他是一个纯粹的艺术家，言说是因为痛苦、疯狂和真理，现在所有人都希望听他胡言乱语，但他已经没有任何能说的了。名声，名声！他们就只想要这个。可能还想要一个替身。就我所知，美国的文艺家，除了杰弗斯和庞德是例外，其他人都被诱惑了。我一下子没想到什么具体的人名，不过点名谩骂也证明不了问题。事情就是这样，他们被耍、被套住了，并且，到了最后，不管他们是否意识到那一点，他们都终将被扔到一边。不管怎样，这都是因为他们自己原初的力量和真话怂恿了低能的大众……

我不认为这恰好就是你想要的，诺曼。我也在钓着我鳕鱼般的灵魂，并非觉得我自己是个例外，尽管我可能是个例外，比如，我以我独有的某种可疑的方式在行事。等我被《纽约客》聘去做特约撰稿人的时候，我会告诉你的。在那之前，随便怎么着，再会！我和这些各种颜色的鞋油一起，坐在这里，不管是谁坐过来休息，我就给他……拍上一点……我什么颜色都有，不同色调的……哦，等一等，我弄丢了一个……哦，该死！我已经拿到了……

　　祝你在处理那些专家的问题时能有好运气。我想那一定非常枯燥和呆板，总之……那些嘴就喜欢对着一切指手画脚。嗯，你自找的。

– 1971 –

致劳伦斯·费林盖蒂
1971年1月8日

　　当你跟着柯索和金斯堡全国到处跑，去那些大学开朗诵会、睡着那些女学生的时候，我就待在这里创造艺术，事情恰好……哦，原谅我，我不是有意论断金斯堡睡了那些小雏鸡。我知道他在进行一个生态之旅，并且……对了，我听说有个家伙可能会给我的短篇小说集支付一笔惊人的预付金……所以我给他寄去了一些样章，我想很快就能有回复了，但我猜答案很可能是"不"。相信我的作品一定会令他震惊，不信我们看看，好吧？我真的很希望看到有人愿意出版我的新小说，但他们往往都会临阵退缩……所以我很快就要拿着我黏腻油滑虚伪混账的小说去敲你的门了……我们有很多可以一起做点**什么事情**的可能性，耶稣基督，机会要出现了吧……

致史蒂夫·里奇蒙德
1971年3月

好的，《邮差》还算顺利，都是因为你。我试着让自己保持某种**步速**。很多小说都让我厌烦，即使是一些被认为很伟大的小说。没有节奏。我喜欢快速涌动的河流，好吧。

嗯，《变形记》很有幻想力。不，我不觉得卡夫卡深入研究过女人，尽管他很擅长表达他的处境。杰弗斯，当然，他穿透血管在活，所以他能进入女人内部看见她们所看见的——有些事情我目前还无法做到，可能我永远都做不到。D.H. 劳伦斯也从未达到那一步，他的名声就被毁了。他仅仅相当于拥有了一头大母牛，他的写作都来自那头母牛——我倾向于猜测劳伦斯更喜欢女人的乳房而非大腿——总之，他找到了他的奶牛，并且他的写作都源自这头奶牛，所有他的意义、差异、信息，因此他不算了解女人。一头母牛：一种信息。

致劳伦斯·费林盖蒂
1971年4月22日

谢谢你的卡片。我正全力投入在这本书上，耶！昨晚无法入睡，就坐起来分类整理《开放的城市》，其中大部分大篇幅的文章都发表于《手记》成书后……我一边浏览，一边发现了一篇又一篇又一篇小说。太好了，劳瑞！我还没看完这堆报纸，但**我们一定会有25到50多个小说**！这是继薄伽丘和斯威夫特之后最狂野的东西！你还不**知道**你无意间发现的到底是什么，哥们儿，你很快就会成为我们这个时代确信无疑的最伟大的编辑了。先是《嚎叫》，现在是这个。你会成功的。[……]

请原谅我的热情。但这真会成为一颗炸弹，怕是要炸掉月亮呢。是的，天哪，我明天要去 S.C. 朗诵，周末再稍微鬼混一下。下周某天我会把所有这些小说寄给你，希望你到时候读得开心。[……]

好吧，这本书是一束冲破天空的火焰！

我们将追上并抛弃愚蠢的现实和无生气的非现实，砰砰两声巨响！

所有的鱼都将会飞，所有的鸟都将游水，湖泊就是洋葱汤，而热血永不死灭。

布考斯基给费林盖蒂寄去了下面这两篇简介，费林盖蒂把第一篇用在了《勃起、射精、展览和正常疯子的普通故事》的封底上，第二个简介之前并没有发表过。当时计划中的诗文集《布考斯基安娜》实际并没有做成，它最后变成了《勃起》。

致劳伦斯·费林盖蒂
1971年12月30日

谢谢你的来信和年表……我猜《布考斯基安娜》是认真的了。我依然对这本书足够上心，很兴奋。我真的非常相信它会是我最好的一本书。

是的，前面的照片没问题。书后呢……嗯，我不知道。顺便说一下，那句话是"硬嘴诗人之王……"如果你想用的话，你自己决定吧。年表上说我大多数作品都是为《开放的城市》写的……其实很少，如果非要说，是写给《洛杉矶自由报》的……我不知道有什么我们能用的热评……我也厌烦了萨特和热内把我称作美国最好的诗人，不知道这一叫法是怎么开始的，我怀疑它的真实性，我想那是乔恩·韦伯某种程度上对我的炒作，后来别人就沿用了，我不知道。

如果你想在书后放点东西，我给你发一个粗略的简介吧：

查尔斯·布考斯基，1920年8月16日生于德国安德纳赫。两岁时被带到美国。已出版诗文集18或20本。布考斯基，在《小说》和《作品选集》上发表了一些文章后，停笔了10年，狂喝了10年。他住过洛杉矶综合医院的慈善病房，吐血如泉涌。有人说他死不了。离开医院后他得到一个打字机，重新开始了写作——这一次，是写诗。

后来他也写了些文章，凭借为《开放的城市》写的专栏《老淫棍手记》获得了一点名声。在邮局工作了14年之后，50岁时他辞了职，他说那是为了不至于发疯。他现在声称再也不想受雇于人，他要靠打字机为生。他曾经结过婚，又离了婚，有过多次未婚同居，有一个7岁大的女儿……他那些下流不道德的小说主要出现在以《诺拉快报》为代表的地下报纸上，也有些发表在《常青树》《骑士》《亚当》《皮克斯》和《亚当读者》上。关于布考斯基的讨论一直没有停止过，看来人们对他的爱和恨非常分明——他们要么非常喜欢他，要么非常讨厌他。他自己的生活和所作所为，和他小说里写的一样野蛮怪异。某种意义上说，布考斯基是他时代的传奇……他是个疯子，是隐士，是情人……温柔的，恶毒的……从不会重样……这些令人期待的小说源自他堕落而激烈的生命……恐怖而神圣……你如果不读一下就永远遇不到相同的了。

好吧，劳伦斯……大概就是这些……我不确定……你觉得怎么样？

[第二个推介语]

"疯狂和痛苦的词典"

《勃起、射精、展览和正常疯子的普通故事》

布考斯基　著

　　自金斯堡的《嚎叫》之后，没有一本书能像布考斯基新近出版的这本厚达 478 页的小说集这样，给我们带来了如此多的刺激。布考斯基是 20 世纪 70 年代的陀思妥耶夫斯基。他不单单是在写小说——他把自己疯狂和炽热的灵魂都倾注在了写作里。他生猛的写作可谓是穿透痛苦的笑声。这本书里的大多数小说都是爱情故事，但又不是一般的爱情故事，这是些源自痛苦之血之灵魂的故事，绝非源自智力的故事。同时，布考斯基也饱含幽默地写出了一出出悲剧——喋血的城市、孤独的四壁、接近滑稽的恩典般的圣洁但无法实现的爱。他的有些故事可能被误认为是充满敌意和下流的，但布考斯基是个赌徒——他从不会去讨好谁，不管是他这个人还是他的作品。查尔斯·布考斯基被很多批评家认为是我们这个时代最好的诗人。这本小说集的出版也是我们时代的大事件——一个 51 岁男人的恐怖和天才，他已经在文学里安静地深藏了许多年，他依旧是一个孤立主义者，是一个谜……你不想进入这个迷幻马戏团，进入这个冲出摆满可爱啤酒罐的门廊的黑魔法吗？

— **1972** —

诗人、女性主义出版社——无耻骚货出版社的出版人阿尔塔，在 1972 年 8 月 4 日的《诺拉快报》上公开表示她被布考斯基的《强奸幻想》（由法伊夫发在《诺拉快报》上）"惊吓和伤害"了。

致达琳·法伊夫
1972年8月13日

你的阿尔塔太糊涂了。确实有男人犯了强奸罪，也有男人在想象强奸。写下这一点并不代表作者本人就宽恕和纵容强奸，即使是用第一人称在写。创作的权利就是指作家有权利写下所有存在的东西。我甚至知道有些女人——就她们个人而言——有非常强烈的被强奸的愿望。但创作就是创作。比如，仅仅因为一个人是黑人并不能说明他就是一个好人，同样，仅仅因为一个人是女人并不能说明她不会是一个泼妇。我们不能站在伪善好人的立场去进行自我审查。另外，从阿尔塔所引用的我文章里的话来看，她太偏激、太假正经（近乎宗教狂热），所以她没有抓住这整件事的重点——我是在嘲笑那些男性对待女性的态度。对于阿尔塔在婚床上的遭遇（如她自己所说的），我感到很抱歉，但是我想告诉这位亲爱的小姑娘，男人也可能会在婚床上遭遇不幸，有时**他们**是要去提供服务的那一方。真的。我想说阿尔塔是一只女性沙文主义蠢猪。男人也总是在寻找那些愿意接受爱的女人。但偏见在任何地方都会起作用。可是像阿尔塔这样进行反击是无效的，只会刺激她站到一个更加伪善的立场上去。即使这样，有时还是必须回应她这样的问题。你知道，她们常说一个喜欢宠物、喜欢孩子和狗的人怎么能是坏人呢？现在情况是，一个反对战争、污水、脏空气的人，一个可以为女性的权利去战斗的人，一定不是坏人吗？或者，事情往往是，他留着长头发和长胡子，但这一点问题都没有。好吧，该死，你看，这些都可以构成立场问题……我会保留我创作的权利，任何形式的，现实的或幽默的，或者甚至是——一时兴起的怪念头——原则。好吧。

致威廉·帕卡德
1972年10月13日

　　关于诗歌写作，我们还是应该玩得轻松点。很高兴我还能写点散文，还能喝酒，还能为了终止痛苦而和女人做斗争。我接受了一些关于诗歌技艺的采访，我感觉那些人都是被打磨好的红木。我猜那是因为他们学习得太多而生活得太少。海明威用力在生活，但他后来也被锁在了技艺里，很快技艺就变成了他的牢笼并杀死了他。我猜测这大约都是我们怎么选择自己道路的问题，这都是当我们还是孩子时迷失在一处码头上的写照。迷失是很容易的，迷失。当然我也并非要站在什么制高点上说这些。让我们为幸运喝一杯，同时怀揣着女人们依然会爱我们衰老灵魂和干枯大腿的希望。哦，如何写诗，该死！

　　附上更多我的诗。我正试着建造一个诗库，我要用我的诗歌炸毁这个世界。是的！

致大卫·埃文尼尔
1972年底

[……] 我从来没有多喜欢以前那些写作，那些创作，我是指其他人已经写出的那些东西，它们对我来说都太浅薄和自以为是，一直都给我这种印象。我坚持写作，并不是因为自我感觉良好，而是因为我觉得他们太差，包括莎士比亚在内，所有那些作家，都很呆板僵化，充满形式主义，读他们的东西简直像吃硬纸板。我16、17、18岁的时候，就觉得他们都不好，每次我走进图书馆，走遍每间阅览室，翻遍所有书架，都发现没有什么值得读的。当我走出来回到大街上，我看到的第一张脸，那些建筑、汽车，所有书里说过的话都和我眼前所见的事物毫无关系，那些书都是在模仿，都像闹剧，一点价值都没有。黑格尔、康德……某个叫安德烈·纪德的混蛋……名声、名声，以及去获得名声。济慈，就是一坨屎，毫无价值。我开始去看一些舍伍德·安德森的东西，他差一点儿就能写好了，但他也又笨又蠢，**好在**他还能给你空间让你自己填上那些空白。但依然不可原谅。福克纳就像一个喝醉的蜡烛，充满欺骗性。早期的海明威还行，但他很快就开始变得漫不经心，转动着这个机器就像在你脸上放屁。塞利纳写过一本不朽的书（《旅程》）让我没日没夜笑了很久，接着他就变得像个满腹牢骚的家庭妇女。萨洛扬，他有点像

海明威，他知道词根和清晰语言的重要性，知道如何写出一行简单又自然的句子，但是萨洛扬，即便他知道如何写句子，他却在撒谎，他说：**美丽，美丽**，但是那并不**美丽**。我想看到的是细微的恐惧、担忧、疯狂，我想看到这些。去他的姿态，我在其中什么也找不到。我喝得酩酊大醉，在酒吧里发疯，砸碎了窗户，把生活弄得一团糟，然后还这么活着。我什么都不知道。我还在工作。我还没成功，或许我永远都不可能成功。我甚至爱我的无知，我爱我涂满黄油的大腹便便的大腹的无知。我在打字机上敲出我该死的灵魂。我并非完全只想要艺术，我第一想要的是消遣。我想忘记，我想要一种兴奋，就像有什么东西正从吊灯上发出尖叫。我想要那些。我是指，如果我们对一件事充满兴趣，然后我们还能做出艺术，这没有问题，但不要一上来就要神圣，先要兴高采烈无忧无虑……

致史蒂夫·里奇蒙德
1972年12月24日

[……]你有批评我的权利，并且你说的很多话可能都是对的，但最终有件事你需要知道，那就是我感觉写作不是摄影，甚至不是必须确定标准的真理。写作会自己带出它独有的真理或谎言，只有时间可以去证明它。人们不明白的是：尽管有些作品**看似**和他们有关，但实际上它们并不见得和他们有关。可能有一小部分和他们有关——在某一刻——那一小部分也和被铸入了某些不得不说的东西的所有人有关。我读过一些**看似**和我有关的诗，那些把我称作"废话斯基"的东西，但我只是笑笑，因为我知道事情的全貌并非如此。

我觉得有朝一日我们也可以变得很崇高，当然代价是，被关在笼子里。

我相信将来某天，你一定能找到你的出版商，也许对你来说，迟来的才是最好的。所以，请不要感觉你在被宰割。所有我和你说过的话，不管是关于你，还是关于任何人，都不是什么见不得人的秘密，都是可以公开说的。

有时你当然有权低落，我不怪你。我现在也不容易，一直都不容易。就像我所说的，我们还是**工作**吧。你很有天分，人又正直。我真的不是你的敌人，不要把我当成你的敌人。

– 1973 –

1971年布考斯基写过一首叫《关于克里利》的诗，发表在一个小杂志上，让克里利出了丑。

致迈克尔·安德烈
1973年3月6日

[……]我不再讨厌克里利了。虽然他一直在为某种我不理解的写作形式而努力，但他把他的经历和生命都倾注于此了。他还会得到非常多的批评。可能他已经听过太多批评声，因此他有种根深蒂固的要去据理力争的劲儿。一个人确实要进行反击，不然鼻涕虫就会获胜。也不是说我就是一个反对克里利的鼻涕虫。我不值一提。我并没有仔细地研究过他，就站出来批评他。这只是标准的对有权势的人或聚光灯的焦点发起的（自动）撞击。这不值一提，我应该早点了解清楚的。但我成长得太慢了。迈克，如果我死于80岁的话，其实我那时可能只有14岁。你知道我试图在说什么吗？好的，下次再说。

致罗伯特·海德和达琳·法伊夫

1973年5月23日

　　我这儿还有一个意见。听我说，我知道你们的意思，但《人类手记》真的太矫揉造作，《老淫棍手记》则让我毫无压力，让我有更多话可说。历史上的大多数坏事，很有可能都是自诩人类的那些家伙干的。我是说，让我们离崇高远一点，而且凭借一点点幸运，我们也有可能获得崇高。紧张或献身看起来并没有用。

　　另外，美好或邪恶，对或错，一直都在变化中，这是一种思潮，不是法律的规定（道德上的）。我宁愿坚持这些思潮。我想那些革命者之所以看不懂我的作品，原因是：我比他们还要有革命性。这都是由于他们受了太多教育。学问或创作的第一步就应该是取消教育——做脏老头比做人类更容易达成此事，不是吗？对了，你们今天都好吗？

致达琳·法伊夫
1973年6月（？）

是的，为政府工作的问题，或者从政府那里得到赞助的问题……生存的问题，总之，有段时间，我总是听到这样的争论。

我不是一个真正的革命者。我只是在写作。用一个政府去取代另一个政府这种观点，对我来说几乎不重要。我们得从个体开始。我们得用另外一种个体取代现在的这种个体，假如我们无法这么做，我们就得对他修补修补。对此我没有答案。只有写更多字，只有这种可能。写，写，写，写。词语的建筑。

在一个问题上我们都特别失败，那就是男人和女人的关系这个问题。我在这个问题上看到了更多不诚实、不足和矛盾，比在其他任何问题里看到的都多。人们都没有足够宽广的胸怀去真正关心真实，假如男性和女性无法找到对方的话，他们又何谈找到一个政府呢？

啊，对了，鸟还在叫……

亨德森是手推车出版社的创始人，当时也是双日出版社的副主编，他那时候还没出版过布考斯基的诗歌。

致威廉·亨德森
1973年7月2日

你有可能对我的一本诗集感兴趣，这当然太好了。然而，我和黑雀出版社有一个进行中的合同，那里特别约定了"你接下来的三本书，我们将有优先……"，约翰·马丁一本书一本书地做着，他很公正，对我也很好。实际上，我最近的诗歌刚刚结集，秋天会以《燃于水，溺于火》这个书名出版。

当然，能被双日出版，真是很大的荣幸，约翰也说过，如果有什么好事要降临在我身上，他是不会做绊脚石的。我相信他，他人非常好。

我可能想建议做一本诗选。我是说我们可以叫它诗选，然后我依然要给它起个书名。我理解就算我把稿子寄给了你，咱们这也依然只算是一个计划，你有你神圣的权利去决定是否拒绝它。我知道有一两个作家，他们误解了工作的自然流程，一旦事情没能往下进行，他们就感到很失落和空洞。我不是那样的人，对我你大可保持放松。

我从来没出版过诗选，所以我想选出最好的诗歌给你。它将是一个绝对的超强选本，当然，它也可能只是个该死的喷嚏。你们编辑说了算。

总之，马丁在度假，他要到 7 月 10 日才能回来，大概那时候。等他回来我会问他我都有些什么自由。你读了我的小说《邮差》吗？哈，你对它没有兴趣吧？哈，没事，我可以理解。

我现在住在一个年轻女人家里，有时要面临一些问题——她说她爱我，我说爱是个麻烦。总之，我给你留一下我现在的地址，为了防止说不定哪天爱会让我彷徨或消失，我再多留一个你能联系到我的地址。非常开心收到你的来信，真的，真的。

致罗谢尔·欧文斯
1973年9月8日

　　我在《未戴口套的公牛》上看到你写的关于我的诗了，完全没问题，是的，我已经厌倦了这些年的诗歌，这几百年的诗歌，我还在不断写诗是因为其他人写得太差——淡紫色头发抵着月亮的边缘（要命的话剧腔）——关于写诗我一直没想太多，但他们一直都写得那么烂，所以我钻研了一下：语言要力透纸背，要掷地有声，要简洁清晰，要有力量，要有幽默感，甚至要有自毁性。

　　哦，这么说太严肃了，不过你知道我想说什么。

　　现在我宁愿每天都睡大觉。我每天睡大觉而这个世界在不停创作，我也曾投入那种创作里，但到处都要碰壁，我希望能幸运点，那样我就不用太拼了。我想我已经能老练地处理事情，我想我已经能顾全自己，能买得起打字机墨带。就让我先这么过下去吧。

　　我马上要出门吃个汉堡，抽三四根烟。有人在楼梯上不停地用锤子在敲敲打打。到处都有讨厌的人。下次你出门时注意看看。

　　你写了首相当好的跳跃的诗。

　　真的，真的。

有几个《诺拉快报》的读者，包括诗人克莱顿·埃什尔曼在内，都请求编辑法伊夫和海德停止在《诺拉快报》上发表布考斯基的短篇小说。

致达琳·法伊夫
1973年11月8日

[……] 有人认为只需要发生在街头的革命就够了，他们认为艺术不需要革命。我知道针对艺术进行的所有运动总是（也有例外）会遭到嘲笑、敌意和憎恨。我用诗歌或小说或故事所进行的针对性爱或人类其他任何行为的探索，都不能表明我本人一定赞同我笔下人物的那些行为。或者，从另一方面来说，我也有可能宽恕我笔下人物的行为。写作的那一刻，我没想过这些。我是一个感受者，不是思想家。我也时常犯错，写过很多废话，敢于冒险是我大多数作品的特质。只有这样我才能放松地去写，去写好。我没说自己有多崇高，该说的我都说了。如果《诺拉快报》的读者希望我滚远点，我可以滚。我也不会告诉我的心理医生我经历了什么噩梦，下周三晚上我会去赛马，喝着便宜的鲜酒，给6号马下注，哈，啦啦啦，啦啦，啦啦啦啦啦，啦。

— 1975 —

由罗伯特·克拉姆配插画的布考斯基的一个短篇小说，1975 年发表在漫画杂志《游戏厅》上，格里菲斯是编辑之一。

致比尔·格里菲斯
1975年6月9日

对不起我回信太慢了，我一直在和那个女人决裂，所以我自己也四分五裂，一直是那种状态。我正试着把自己重新拼起来，好为下一场战争做准备。所以与此同时，我的写作有些拖延，我也没有其他更多稿子。现在的问题是，我没有再被拒稿过。该死，这也很可怕。马丁有一文件柜我的作品，他可能会慢慢发出来。他好像有一大堆我的东西，比如有头无尾的小说，在精神病院和醉汉监禁室写的纸条，等等。

克拉姆，我们都知道他是很好的漫画家。他刻画人物的方式，他笔下人物跨页的方式，都太棒了！我和丽莎·威廉姆斯住在一起时，在她家见过一次克拉姆，他是我见过的极少数不做作的人。他能为我塑造的那些混蛋人物画像，对我来说真是不可思议的极高荣誉。我肯定希望这事能成。我也真为我最近恍恍惚惚的状态感到抱歉。不过，之前试着要带我靠近十字架的女人们都被我耗走了，这次我可能还是会令她失望的。

– **1978** –

致约翰·马丁

1978年8月29日

刚看了你写给我和《苦艾书评》《纽约季刊》的信。我感觉你有点过于自寻烦恼。我还有种感觉，有时你在写给我的信里，或多或少把我当成了白痴。

正像你在信中攻击他们时说的那样，我们也需要澄清一些问题。"我们这里出版的你的书，对你的整个写作出版来说，无疑是真正重要的，因为那是你真正的收入来源。"

关键点：我从你那里得到的收入是每月500美元，一年总共6500元。从中我要拿出一部分付小孩的抚养费，还好这项不用征税。作为你们出版社的作者，我可能名列贫困名单上，并且符合申请食品救济的条件，这样已经有几年了。当然，你知道早先的那些年，我过得比这还差，差很多。我并没有抱怨，因为我已经疯狂到只要能坐在打字机前写作就行。我不满的是你告诉我黑雀和布克对我有多好多好，对我来说这根本不算大方，从来都算不上。至少从经济的角度来说。

"假如我没有先在我们这里出版你的书，也就不会有后来的德语和法语版。"这完全让我想起当我表示反对去参加二战时我父亲对我说的话："但是，我的儿子，如果没有战争的话，我和你妈妈就不可能相遇，你也就不会出生了。"这在我

222

看来，算不上多好的支持战争的论断。你的说法也不一定是事实。我有些从来没被黑雀出版过的作品，也被翻译了发表在国外的杂志上。再说，谁知道呢，说不定会有人也建议出一本外语版呢？这就是在杂志上发表东西的重要性。我想我的作品之所以能被翻译，到目前为止**最主要**的原因是作品本身足够有力量和吸引力，这才是原因所在。

马文·马龙这么多年来一直致力于以特刊或中间插页的形式发表作家们的作品，这一直是他们杂志的特色。过去他也这么为我做了好几次，之前这事并未困扰过你。

但是你提到要用一根"皮带"捆住马龙的脖子……天哪，千万别。你要求我不要太无所顾忌地把我的作品"大批量地给别人，就像给马龙那样"。约翰，所有作者写完一个作品后，都会先交给杂志发表，诗人尤其会这样，小说家有时也会，写短篇故事或文章的作者也经常这么做。这么做一点都不犯法，也谈不上鲁莽。我把很多作品先发给《苦艾书评》和《纽约季刊》，因为它们是现存最好的两本诗歌杂志。我的诗歌写作量是其他诗人的五六七倍，不，应该说是 10 倍，如果我把我写的诗分成很多小份，四五首一组发给全美国各种各样的小破杂志，那我就没有时间写作了，我就得没日没夜地在那儿粘信封。我觉得你变得占有欲太强、太过警觉了。灌木丛里可没有那么多鬼——你有上千首可供挑选的诗，再说更多的新作正疯了一样从我打字机里往外冒呢！

你在给马龙的信里问他要 10 本诗册，说是可以卖给你们的读者。我不认为他会乐意那么做。看起来你好像什么都想要。比如你让我为每本书都画 75 张插画（实际是 150 张），我每次都要花一个月时间来画那些画，并且那段时间里我都没办法再去做其他任何有创造性的事情。你卖了 75 本那些书（签名本），卖了 2625 美元，如果你把这钱算在给我的 6500 元酬劳里，你就只用再付我 3875 元。你算给自己找到肯卖力的劳工啦。有次你在电话里告诉我："你想想，你每画一张画，都会得到 35 元。"那是我第一次感到你真的把我当个傻子。

"让我给你出书吧。"

约翰，确实是你帮我出了书。但你经常表现得像个满心嫉妒的村姑。

我记得计划中的那本书：《布考斯基和里奇蒙德书信集》。你对那本书太狂热了，当然里奇蒙德更狂热。

再来说这段："整个秘密已酝酿得够大，所以作品流传得很好，有相当数量的人都能读到它们。同时秘密也保持得足够小，1971 年以来国税局的人都没来查过任何账目。"

约翰，就算他们来了，我也没什么好担心的。我记得你的办公室还在洛杉矶的时候，有次我去你那里签书，我进去的时候，你说："大人物来了，大作家来了！"好吧，我那天还给你的送货员带了一些啤酒。后来我们谈话时，你的送货员说了几句顶撞你的话，你转过身对我说："看看这个每周挣 90 块钱的送货员，非要在我跟前证明自己有多聪明。"我听了一言难尽，因为你每个月给我的是 250—300 块。是哪个我忘了，反正他算不上一个多著名的送货员。

我一直都和你绑在一起。我收到过一些纽约出版商的邀请，也收到过你竞争对手的约稿，但我还是选择和你待在一起。有人告诉我这么做很傻，有不少人这么说过。但那些声音都没有动摇过我。我做的决定都自有我的原因。没有一个人来找我的时候，是你找到了我，你帮我用那些尘封的旧作挣到了钱，你还给我买了一台新打字机。那时也没有人去敲我的门。我很忠诚，我猜这和我身上流淌着德国人的血有关。但我请求你给我足够的空间，让我可以头脑清醒地写作。我就只想写东西，再喝点酒，做点小事。写这样的信太耗费精力。你就不能让我安心写作，让我可以像其他作家那样随便把写完的东西寄出去吗？别太像个母鸡那样什么都要护住。我很有幸今年已经写出了一些好诗，很多诗都好。我很高兴它们依然可以从各个方向蜂拥而至。《女人》是我最好的作品。不过这个作品也将引来更多的敌意和反响，所有出色的原创艺术作品经常都会遭遇这样的情况。没关系。我们要在欧洲好好推一下这本书，比在其他地方都要用心些。我只想继续，继续写，并且能有想做什么就做什么的自由。我只希望你别彻底把我当个十足的白痴。**我知道现在的情况**。这也是为什么我愿意把一切落到纸上的原因。

你和其他我在私人生活中遇到的人一样，你们都想给我某些指导，都想牵着我的鼻子走。过去我会在他们手上咬一口。我的老黑猫布奇以前就常这么干。我现在越来越懂它了。

希望你能真的懂我，还有很多年我才到 80 岁，如果我能活那么久的话，所以让我们清理掉通向未来之路上的狗屎。我还想去参加你的葬礼呢，还想到时候能掉下几滴眼泪，再给你献上一小束花呢。不好吗？

– **1979** –

致卡尔·维斯纳尔

1979年1月15日

　　但愿你还没开始翻译《女人》。我和约翰·马丁还在为这本书争执不下——我嫌他往这本小说里添加了太多**他的**写法。很多页都附上了插图。我有原始稿的影印版，很快就会给你寄过去。约翰让我把 100 页他修改过的稿子和原始稿一起寄给你。等他寄给我之后，我就再一并寄给你。我真觉得他修改了太多我的用词，有时甚至完全变成了另外一句话。这对我很不尊重。我不介意一些小的针对语法的修改，也不在乎他非要理顺那些现在时和过去时。但太多句子都被那么折腾一遍以后，我原有写作的自然节奏全被破坏了。我的写作是参差不齐的、粗糙的，我就想**保持**那种感觉，我不想让它变得太过**流畅**。另外有很多章节也被删掉了。等你收到所有稿子，你就能看看你更想选哪一版了。就现在这个小说读起来的感觉，你可发挥的空间会很窄。

　　约翰声称他毫无恶意，说这样小说就能流传，还说我们很快就能把整件事都做完。他还告诉我有时是因为打字员很不耐烦并往书里加了一些内容。那么看来打这本小说的时候，他的打字员一定全程都很不耐烦。

　　总之，附件里是些小的修改，是我手边的这个原始版本里所没有的。我只希望你还没开始翻译。我问过约翰："你会这么对待福克纳吗？"他当然不会这么对待一个大学教授，他也**不会**这么对克里利，他肯定连一个逗号都不会动的。我猜一定是因为我来自下等的工人阶层，来自流浪汉之地，这让他觉得我不太清楚自己在做什么。但我天生就知道自己在做什么，他必须明白这一点。你能想象他对着一张凡·高的画动手动脚吗？好吧，该死……

琳达·李和我一起向你和米奇还有瓦尔特劳德送上爱的问候。

另外：我很好奇法国人和意大利人会怎么想？看起来我也要给他们寄去原始稿的副本和那100页修改稿。它现在是个不错的小说，但我感觉它应该更伟大，更充满野性，而不是加进去很多糟糕的修改，又被删了很多其他段落。有几个世纪里他们创造了那么多伟大的事物，如今在这件事上却只想要一个东拼西凑讨好市场的版本……

致约翰·芬提
1979年1月31日

　　谢谢你的来信。我感到很怪异，收到你的信让我有种特别奇妙的感觉。自从我第一次读到你的《问尘》以来，几十年就这么过去了。马丁给我寄来了这本小说的影印本，我又开始重新读它，它还像之前那样可读。你这本小说，还有陀思妥耶夫斯基的《罪与罚》、塞利纳的《去往暗夜尽头的旅程》，都是我最喜欢的小说。原谅我没有及时回信，我正琐事缠身：写电影剧本，帮其他人改剧本，还有一个短篇小说，当然还要喝酒、赌马、和我女朋友打架，还要去看我女儿，一会挺开心的，一会又感觉很糟糕，诸如此类的这些事儿。然后我找不到你的信了，我很高兴能收到你的信，好在我后来又找到它了，我在那个信封背面写了些给一个剧本的修改建议（就是由我的第一个小说《邮差》改编的剧本）。现在外面下雨了，我在飞快地给你写信，写完我想去趟银行，把支票换成现金，这样我明天就能去赌马。

　　你的写作对我的人生起了很大的作用，给过我真正的希望，你让我知道一个作家要放下对词语的执念，只需任由情绪自由地冲出就行了。在这一点上没有人能做到像你这样。我打算慢点读这本书，再好好享受一次阅读的快感，然后希望我能写出一篇有价值的序言。H. L.蒙辰的眼光很好，从很多书中又挑出这本，我想现在是时候让像你这样的天才重浮水面，尽管黑雀不在纽约，它依然很有声望和影响力，它做的书大都很能反映当下，深受很多另类读者喜欢，这些读者要好过那些纽约喂他们什么他们就接受什么的一般大众。

收到你的信真是太棒了芬提，你一直都是这条路上的第一名。原谅我在用打字机回信。等读完这本书我就写序言，写好我就寄给你看看行不行，希望你会喜欢。向你妻子和儿子问好。今天天空阴沉沉的，明天赛道上一定都是泥巴。我会想着你的，希望能有好运气，我也会告诉人们为什么《问尘》特别好。谢谢你，真的，真的，真的……

致卡尔·维斯纳尔
1979年2月6日

[……] 关于《女人》，那 100 页校对修订稿我不知道丢到哪里去了。很明显有些地方我已经按要求做了修改……比如最后我给了那只猫黑色的皮毛和黄色的眼睛……总之，现在一团乱麻，我猜约翰·马丁应该已经快疯了。照着他的"作品"重写，这事儿真是太丢人了。我猜我俩迟早都得疯掉。不管怎样，第二稿读起来感觉能好一点。我想当读者将两个版本放在一起对比看的时候，他们一定很难想象这个故事本来到底是什么样子，他们一定觉得我已经老态龙钟头脑混乱，觉得是什么人在着手帮我修改。这实在令我很难接受，任何针对我自己写作的批评我都能接受，但因他人的修改而要我去面对质疑，就不太好了。总之，以后马丁再做我的书，我要紧盯着他。我怀疑他以后还会再搞我。有时马丁的那些行为和方式真令我作呕。我多希望你是我的编辑啊，但还是谢天谢地我能有你这样的译者、代理人和朋友。（哦，对，约翰真的这么说过："有时打字员很不耐烦并往书里加了一些内容。"真好奇福克纳和詹姆斯·乔伊斯会不会遇到这种令人抓狂的情况？）[……]

我正和巴比特·施罗德一起弄《苍蝇酒吧》的电影剧本，大约弄完 30 来页了，令我吃惊的是，他想给角色设定情节和性格的转变，该死，我的角色很少有转变，他们都太混蛋了，甚至都很难说他们属于什么类型。我就喜欢让他们自由去发展，关于他们我也没有什么好解释的。我不介意电影里应该有故事线，但是当角色开始变得像牵线木偶，他们就无法跳舞了，他们就什么都做不了了。唉，好吧，唉，好吧。

致约翰·芬提
1979年12月2日

很高兴在电话里听到你小说的结尾，依然是非常芬提式的，上乘之作，和以前一样高级。我真惊讶你依然写得这么好。你是我接着写下去的最大动力，这么多年过去了，你再次令我兴奋不已。

现阶段我有点萎靡不振，我以前可不常这样。也不是说我的作品一贯都好，至少以前它们能被源源不断地写出来，但最近这种状态停止了。对了，有一晚写了几首诗，但我感觉它们并不好。还有一晚我发现自己对琳达说话时声嘶力竭，甚至我还踢了家里的猫。我不喜欢自己言行举止那么浮躁，但是如果无法顺利写出东西，我就像中了邪一样。我忘了怎么去笑，我发现自己很长时间都没在广播里听我喜欢的交响乐了，当我照镜子时，我只看到一个特别卑劣的自己，小眼睛，面色暗沉——我特别拧巴，一无是处，像一颗干瘪的无花果干。我是说，当开始写作的时候，写的是什么？又能留下什么？规则、惯性思维，像煎饼转盘那种千篇一律的想法。我无法面对那种陈旧的舞姿。

接到你的电话，听你兴奋地在电话里给我读了你新小说的结尾，感受到芬提欢欣雀跃的勇气和激情，也促使我逃离了无精打采的状态。我开了瓶红酒，打开收音机，我又要开始写了，这一切都是因为你。我又能写出好东西是因为塞利纳、陀思妥耶夫斯基、汉姆生，但最主要的还是因为你。你对我影响很大，比任何活着或死去的人对我的影响都大。我一定要把这些告诉你。现在我开始能笑一点了。谢谢你，阿图罗·班迪尼 [1]。

1　阿图罗·班迪尼（Arturo Bandini）是约翰·芬提小说《问尘》里主人公的名字。

– 1980 –

致约翰·马丁
1980年6月（？）

[……] 亨利·米勒。他走了[1]，我没有太大的感觉，因为我一直期待他离开。我高兴看到的是他后来不写东西的时候他去画画了，我看过他画的一些东西，他画得非常好，颜色热烈又温暖。很少有人像他那样活过。在写作中他也是这样做的，像他自己的生活那样，那时候还没人那么做、那么写。他砸碎了坚硬的黑胡桃。可我总是很难读进去他的作品，他应该放弃那种"星际迷航式"的包含沉思和精液的喋喋不休的腔调，不过当你最终能抵达他所写的东西时，这种写法也能让好的部分更好。但坦白地说，我大多时候读一下就放弃了。劳伦斯是完全不同的，他有种一以贯之的东西，但亨利·米勒更现代，更少做作的艺术家气息，直到他滑进了喋喋不休的星际迷航。我认为米勒引发了一个问题（当然这不是他的错），那就是当他推销和宣传自己的作品时（早期的），他会让别人觉得像他那样做就能成功。所以我们现在有一大批半吊子作家，四处敲门，叫嚣和宣扬他们的天才，仅仅因

1　1980 年 6 月 7 日亨利·米勒去世，享年 88 岁。此信应写于米勒离世之后。

为他们依然"未被发现",并且还没成名的事实让他们特别肯定自己很有天分,因为"这个世界还没准备好去接受他们"。

对于他们大部分人来说,这个世界永远不可能接受他们。他们根本不知道如何去写,他们连写作的门都还没摸到呢。不论是我读过的,还是我遇见的那些家伙。我希望有写得好的人存在,我们需要他们。他们可能正潜伏在我们四周。但就那些四处晃来晃去背着吉他的家伙看来,我发现叫喊声最大的往往是最没才华的。他们睡在我的沙发上,吐在我的地毯上,喝着我的酒,然后不停地告诉我他们有多伟大。我又不能帮他们发表歌曲或诗或小说或短故事。战场在它该在的地方,去麻烦朋友或女朋友或其他人,就相当于对着天空自慰。是的,我今晚真喝多了,再有就是我觉得那些访客快把我烦死了。作家们,请把我从这些作家们手里解救出去吧,和阿尔瓦拉多大街上的妓女聊天都比和他们聊天更有趣、更有新意。[……]

亨利·米勒。多好的一个灵魂。他和我一样都喜欢塞利纳。就像我告诉尼利·谢瑞的:"秘密在每一行里。"我指的是每一行都有秘密。很多行就像一个个工厂,在旅馆的一个房间里一只鞋在一个啤酒罐的旁边。所有一切都在这儿,来回闪动着。他们打不倒我们的,就连坟墓也打不倒我们。这个玩笑只有我们才懂;我们越过最高级的样式,他们就不能拿我们怎么着啦。

致迈克·戈尔德

1980年11月4日

　　我知道另外有个编辑也打算出版一本"拒稿信"之类的东西，排上各种拒稿材料，再加上作家们被拒时的想法。我什么都没寄给他，告诉他说我觉得拒绝我的那些东西才最应该被拒绝。

　　这个东西最终也没出版，我猜是因为当那个编辑收到那些拒稿信和作家们的激烈反应之后，他被困在一间充满本能恐怖的小房子里了吧。

　　当然，有影响力的大杂志，各种小杂志和书里，都发表了很多写得很差劲的东西。坏编辑们会继续这么编下去，坏作家也将继续这么写下去。很多出版都是基于政治原因、朋友关系，当然有些是因为天生的愚蠢。一小部分好作品得以出版，很大原因是出于偶然或罕见的概率：一个好作者终于撞上一个好编辑。

　　拒稿信也没有什么作用，它鼓励坏作家继续写下去：总之他们在不停地写。小杂志上发表的东西只有15%写得还不错，大杂志也许能到20%。

　　在小杂志领域，常有悲哀的事情发生。我认识一个作家，他是给小杂志写东西的，写些相当生动的文章。他在这这那那都发表过作品，小出版社的编辑们给他出过两三本小书，说是印了 200 本。这个作家有个很可怕的工作，他每天都夜里才回家，他总是心惊胆战，他就把这些写下来。一本或两本小书，很多发表在小杂志上的文章——每次你打开一个杂志，都有他的名字。他立志要当个作家，他和妻子孩子生活在一起，他妻子找了个工作，他就坐在打字机旁不停打字。他书柜里装满了各种小杂志和小册子，他有时也去做诗歌朗诵，只有 9 或 11 个听众，听完他们轮流往帽子里放点钱。他的诗歌逐渐变得软绵绵的，他的书架就在他身后。当然，这么下来他连电费都交不上，但由于他是一个天才，所以他的妻子得交电费，他妻子还要付其他账单的钱：所有一切，还有房租，等等。我真希望他回去工作。或者是时候让他妻子坐在打字机前写作了。这只是一个例子，但我相信这样的故事至少有 500 到 1000 个。

什么是真的，什么不是真的，这很令人困惑。我记得我才 20 出头的时候，白天在一个糖果店打工，所以我有时间写东西，我每周写五六个短故事，但最终它们都被退了回来。当我读到《纽约客》《哈珀斯》《大西洋》的时候，从中我什么也没找到，除了 19 世纪调调的文学：小心翼翼，矫揉造作，写得又长又臭，令人作呕的文字在纸上一寸寸爬行，都是些有名气的作家，都是些骗子，令我昏昏欲睡迟钝无比。我就知道了我才是一个好作家，但我没有出路让读者知道我，我不会拼写、语法混乱（现在也是），但我就是感觉我比他们都更好：我正极端地挨着饿。

你没获得认可，并不能代表你就是个天才。可能只是因为你写得太差。我认识一些自费印自己书的人，他们总喜欢举两三个已故伟大作家的例子，说这些大作家以前也是这么做的。唉……他们还会提及那些活着时一直没被承认的人（凡·高等），是的，有这种情况，当然，但这又能说明什么……唉。

大杂志的拒稿信一般都是打印的，当然也都毫无情感。我也从一些小杂志那里收到过不少拒稿信，那些编辑都以为自己是神。我记得有一个："你这写的是什么狗屎？"没有签名，就这几个大字潦草地趴在纸上。不止一次，这种情况很自然。我怎么确定这不是出自一个 17 岁的、长着青春痘的、痴迷于叶芝的小毛孩之手呢？他会不会躲在车库用他爸爸废弃的油印机器打出了这几个字？我知道：读读杂志。谁想读？当你一个月有 30 首诗要写，你就没时间读啦。如果有时间，又有点钱，那还不如去喝酒。

非常成功的作家都很像总统：他们获得选票是因为发疯的大众从他们身上找到了自己。

这很混乱，迈克，我不知道要和你说什么。我准备出门了，去赌马。

– **1981** –

致卡尔·维斯纳尔
1981年2月23日

[……] 等写完《火腿黑面包》我就回过头来写短篇小说。《火腿黑面包》比别的小说都更难写，我写得也更慢，因为写别的小说时我不用那么小心翼翼，但这本我需要特别小心。那些童年经历，成长过程里的事情，对我们来说都很疼痛，很难放下，但有种趋势是这个主题已经被写烂了。描写人生这个阶段的文学作品，我所读到的大都令我很不舒服，因为它们的矫情。我试图能侥幸地找到一个平衡，就像兴许无望的恐惧也能制造出一些隐秘的轻微的笑声，即使那是从魔鬼的喉咙里发出来的。[……]

读了海明威的信，太可怕了。至少他早前那些信都很糟糕。他太像个政治家，混迹于那些有权势的人中间。好吧，也许就应该那样？当时也没有多少作家，也没有多少杂志或书或其他东西。现在我们有成千上万的作家，有上千份杂志，有众多的出版商和批评家。现在就连你叫一个修水管的工人，他来的时候都会一手拿着钳子，一手拿着阀门，屁股口袋里却装着一小本他的情诗选。甚至就连你在动物园里看见一只袋鼠，它的眼睛盯着你，然后从肚子上的口袋里掏出一沓诗稿，单倍行距打印在8×11英寸防水纸上。

下面这封信里提到的话剧叫《布考斯基，我们爱你》，1981 年在罗马首演。1981 年加利亚诺制作了《正常的疯子的故事》，该片的导演是马克·费雷里。

致约翰·马丁
1981年2月24日

你可能已经收到了西尔维娅·毕兹奥写的什么东西，说她想要黑雀出版社出版的一半布考斯基作品的版权，那样她就能去弄那个该死的话剧了。他们也没报价，还声称他们是一个没有利润的小机构，但实际上他们已经在不同城市运作这件事两年了。我希望你没有答应她。但如果你已经答应了……好吧，他们没弄清楚他们盗用的另外有些书的版权属于城市之光。

毕兹奥连续打扰了我很多次，就是为了我能签署那些授权。她给我做了一个访谈，还给我录了像，我信口开河对一些无关紧要的事情胡说了一通。但就我个人而言，我真不喜欢毕兹奥做事的方式，也不喜欢她本人。她明显是在帮那些恶棍张罗事儿，我也告诉过她我对整个事情都没兴趣。

"但他们已经为此事准备了两年！"

"他们是爱你的。"

"他们愿意给你出旅费，你来和他们见面吧，来看看他们的戏吧。"

我告诉她："这都是废话，他们为什么不在这事儿还没开始前先想办法拿到授权？"

我不喜欢意大利人，他们都鬼鬼祟祟的，他们处理整件事的方式都让我很不爽。他们怎么能问都不问一声就把我的作品弄到舞台上呢？塞尔吉奥·加利亚诺也想用某些相同的故事做一个电影，如果他付钱的话，他们怎能免于侵权？

另外还有一个问题，加利亚诺打算付 44000 美金，他之前付了 4000，说剩下的钱一个月前就电汇给我了，根本就没有，他在说谎。他正和本·戈扎那一起做《格鲁吉亚》，现在已经在拍摄中。这些意大利人……就连我都能看出来为什么希特勒不喜欢他们了，他们油滑、谎话连篇、诡计多端。

我敢肯定这种事在别的作家身上也发生过。作家总是被当作只会在纸上写字的人，觉得他们都特别好糊弄。作家心里只想着他下一行该怎么写，他也不想被那些无关自己心绪的外事打扰。这些是事实，但作家也不喜欢自己被人强暴。这些杂种也知道走司法程序的代价，所以他们会逃走，躲进某个意大利小村子里，对我们竖着中指。

嗯，好吧，约翰，顺便寄去一些诗。

$-$ **1982** $-$

致约翰·马丁
1982年1月3日

　　是的，我们已经再次超越了所有他们那些扯淡的伪作，当他们还在反复写着各种无聊的庸作，我们可以做得更好。

　　写作对我来说从来都不是一项工作，即便当我写得很差的时候。我喜欢写作这个行为本身，喜欢听打字机的声音，只有这一条路可走。当我写得不好、被退稿时，我也只是看着那些稿子，我没太介意：我还有机会去改进。问题是你要保持去写，不停地打字，它就会被修改得越来越像那么回事，伴随各种错误和运气，直到它听起来读起来感觉起来都更好为止。并不是说这样就是重要的或者不重要的，仅仅只是打字、打字、打字。当然，如果在打字的过程中，打出了一些特别有趣的东西，那就太好了，不过这种情况也不是每天都会出现。有时你需要很多天的等待。并且你还需要知道，过去几个世纪里做这件事的那些大男孩们都做得还不够好，就算你从他们那里去借鉴和学习，就算没有他们你根本没法开头，你也不需要对他们心怀感激。所以，就打字打字打字……

　　是的，我希望和你能合作得更长久一点儿。这是个充满魔力的旅程，你做你的生意，我做我的事儿，我们俩之间只存在一些小小的问题而已。我想我们都是从老时光学派里走出来的，那里有特定的做事情的方式，我们都保持了这种方式，也就是说，我们把最好的现代和最美的过去——20世纪30年代和40年代甚至还包括一点点20年代——结合在了一起。我认为新新人类们缺失的最主要的东西就是：伟大永恒的风尚，抵达这种永恒的方式，以及与痛苦和成功作战的方法。约翰，我们真的非常出色，让我一直保持这样。第11轮就要开始了，我想坐在另一个凳子上的混蛋已经疲惫不堪了。

致卡尔·维斯纳尔
1982年2月13日

[……] 在《纽约时报书评》上给我写评论的批评家真是个不错的人，以前就知道他的话风，很好读，虽然我不觉得他挨过饿、摔断过腿、被妓女尿在脸上，或者被迫睡在公园的长椅上，等等。并不是说必须要经历这些，它们可能会发生，并且当它们发生在你身上时，你往往会想得稍微不一样。我自己非常喜欢《悬挂在紫丹上》，我觉得这么多年过去，虽然因为发疯我失去了太多，但我的**语感**却越来越好。我最喜欢的是《火腿黑面包》，马丁也说那是我写过的最好的东西。"它具有 19 世纪俄国大师们的所有勇气和决心。"是的，那很好。我真的特别喜欢那些俄国作家，他们在惨淡的痛苦中艰难地跋涉，嘴角却总挂着某种笑。

致杰克·史蒂文森
1982年3月

[……] 大多数人以同样的方式开始了写作。我是说那些诗人们。他们的起点都非常好。一开始他们都很孤独，或多或少被自己的想法吓了一跳，于是写下了那些文字，他们都很天真，你知道的。最初他们都带有一点清新的气象。接着他们就开始"做"诗了。他们参加了越来越多的朗诵会，见到了很多同类。他们互相交流，慢慢觉得自己是有脑子的。他们开始对政府、灵魂、同性恋、有机种植等问题发言……等等……除了排泄之外，他们知晓一切，但他们真应该多了解一下排泄，因为他们满脑子装的都是屎。看着他们的变化真令人沮丧。他们去印度旅行、呼吸练习——他们更新着他们的肺，那样就能继续大声宣讲了。很快他们成了**老师**，站在人前告诉大家**该怎么做**。不只是该怎么写作，而是该怎么去做**任何事**。他们陷进了所有的陷阱。这些过去原本非常生动鲜活的灵魂，恰恰变成了他们最初反对和讨厌的那种人和事。你真该去听听他们的朗诵：他们乐在其中，观众们、女大学生们、小男孩们，整个修道院的傻瓜们都去听了那个诗歌朗诵会——那些长着果冻屁股的、满脑子软面条的、冰激凌一样容易化掉的人们。这些诗人，他们为什么那么喜欢朗诵？为什么那么喜欢听自己的声音在飘荡？"现在"，他们说，

"我只打算读三首诗！"类似这些，我想说，该死的，谁在乎你读几首？当然，那三首诗都又长又臭。我并不想以一概全，不是说他们所有人都一样。他们之间也有着细微的差别：有些是黑人，有些是同性恋，但他们都那么无趣！

我的观点是，作家就是写作的人，是坐在打字机前写下一个个字的人，这才是作家的本质，而不是去教育别人，也不是坐在研讨会上或对着疯狂的大众朗诵。他们为什么要这么外向呢？如果我以前就想成为一个演员，那我早就应该受够好莱坞的镜头了。在几十位我以这样或那样的方式认识的作家中，在我看来仅仅只有两个人还保存了他们的人性。其中一个我见过三四次，他双腿都被截了肢，72岁时还在继续写作，并且在临终的病床上，还对着他非常棒的妻子在口述写作。另外那个疯狂又真诚的家伙，他在德国的慕尼黑写作。

如果不是因为作家们这么无趣，我最后想与之喝酒或聊天的人就是作家。在老派报童和看门人那里，甚至在整夜营业的墨西哥卷饼摊的儿童等待区窗外，我都看到了更多生命的勇气。在我看来，写作让人变得更糟而非更好；在我看来，这个世界的出版社无止境地印刷了太多无能的灵魂写出的废物，这就是那些无能的评论家口中所谓的文学、诗歌、散文。这都毫无意义，除了就那么一闪而过，它们全都留不下来，迟早的事儿，谁知道为什么。

喝着第二瓶红酒，我回看了一下这封信，我注意到有可能会被人引用说布考斯基提到了黑人和同性恋者，好像他不太喜欢他们。既然这样，我还要提及：女人、墨西哥人、女同性恋、犹太人。

我要声明一下，我厌恶的是人类，是所谓有创造性的作家们。这不仅是一个氢弹末日的时代，还是一个充满恐惧的时代，无边的恐惧。

我也不喜欢白人，我自己就是白人。

我喜欢什么？我喜欢喝今天的第二瓶红酒。本想捞一笔的，但今天在赛道上却输了 10 美金。多没劲儿的事啊！简直就像对着一堆热蛋糕自慰。

我一直很欣赏中国人，我猜这是因为他们都在离我很远的地方。

写这封信时，短篇小说《阉猪》还没被发表。

致卡尔·维斯纳尔
1982年5月29日

很难坐下来开始写《火腿黑面包》，很难写下第一个单词。在那之后，慢慢就容易了起来。我想离完工还尚有一段距离。在我开始写它之前，我就想到这些了。总之，谁会想读一个童年故事呢？这个主题带出过最差的作品。

我希望能加入一些荒谬感和幽默感。

我的父母很奇怪，哦，对了，有个事没写这书里，曾经有一次，我流浪回家时体重只剩139磅，他们要收我的房费、餐费和洗衣费。可能我把这个写进了《杂役》，我不记得了。

我现在又回来写诗了。《好色客》最近问我要一个短篇，我坐下来给他们写了个小东西叫《阉猪》。我喜欢他们的拒稿信："……这个主题对我们来说太过猛烈，我们很难处理好。明确地说，是里面的兽性和它暴力的结果，让我们感到很难接受它。"

所以我很快就把它给了德国的《花花公子》。它够他们吓唬那些维也纳生瓜蛋子的了，但我希望它被退回来。

– 1983 –

致洛斯·佩克尼奥·格雷泽尔

1983年2月16日

　　我弄不清楚好作品到底是怎么写出来的。我想说的是，我现在并没有比几十年前写得好，那时我住在各种小房间里或公园的长椅上或廉价旅馆里，差点被饿死，还有当我几乎要被杀死在那些工厂和邮局的时候。持久忍耐在其中起了些作用：我经受住了那么多编辑对我的拒绝，当然还有一些女人对我的拒绝。要说我现在的写作和以往有什么不同，那就是我在写的时候感受到了更多快乐。但事情瞬息万变——这一刻你还是个喝醉的无赖，正在一个低廉的公寓里与喝醉酒嗑了药的疯女人打架，下一刻你就要跑到欧洲，走进一个大厅，那儿有 2000 个野人正等着听你读诗，并且你已经 60 岁了……

　　现在我马上就 63 了，我也不用再为了酒钱和房租四处去朗诵。如果我最初就想做个演员，那我现在肯定是个不错的演员啦。但我不想在众人面前装模作样地过一生。我得到一些出版报价。最近有个去年给我写过信的家伙联系了我："……我们已经签下的人有：约翰·厄普代克、切斯瓦夫·米沃什、斯蒂芬·斯彭德、埃德蒙·怀特、乔纳森·米勒、迪克·卡维特、温尔德·拜瑞等，所以你看，你进了一个好公司……"

我对他说：不。尽管"版税"很丰厚。

为什么这些人一定要这么做呢？

好吧，总之，我试图想说清楚的是，对我来说，现在我的钱刚好足够我在这个叫圣佩罗德的小城生活，这里的人都很好，他们都非常正常、简单、无趣，在这里你跑遍全城都很难找到一个作家或画家或演员。但我能和三只猫一起在这儿容身，过着可以每夜喝醉然后打字到凌晨两三点的日子，并且第二天还有赛马，这些都是我需要的。麻烦总会不断找到你（我），和女性待在一起的时光也依然时好时坏。但我喜欢这种状态。很高兴我不是诺曼·梅勒或卡波特或维达尔，很高兴我不是要和冲撞乐队一起朗诵的金斯堡，很高兴我不是冲撞乐队。

我一直在面对的事情是，当幸运降临到你身上的时候，你如何才不至于让它吞没了你。你要是在 20 岁时就出了大名，名声会困扰你，你会很难承受。要是你年过 60 才出了半名，你适应起来反倒容易些。老庞德过去曾说："**做好你的工作。**"我特别清楚他在说什么，虽然我从来不会把写作当成我的工作，相比起来喝酒更像我的工作。当然，我现在就正喝着，如果你感觉我写得有点混乱，那就对了，这就是我的**风格**。

我不知道，你知道。就拿一些诗人来说，他们刚开始写的时候都很好，那是一种闪电，是火焰，是他们孤注一掷的一种赌博。但出版一两本诗集之后，他们看上去好像就**分裂**了。你随便往哪儿一看，你就发现他们正在某个大学教**创意**

写作。现在他们觉得自己知道该怎么**写**了，所以他们迫不及待地告诉别人该怎么去写。这简直无药可救：他们竟然接纳了自己。不敢相信他们真就这么做了。这很像某个家伙跑过来试图教你怎么做爱，因为他认为自己特别会做。

如果好作家真的存在，我认为这些作家不会四处乱逛、招摇过市、满嘴胡言，你想想，"我是一个作家"。他们活着、写作，因为他们再无他事可做。写作是所有这些的累积：令人恐惧的事物，令人不恐惧的事物，对话，平淡无精打采的时刻，噩梦，尖叫，欢笑和死，漫长的虚空，等等，正是这些东西的总和催生了写作的开始，然后作家看见了打字机并坐了下来，作品就这么被写了出来，事先没有计划，这种情况会持续发生：如果他们足够幸运的话。

这里面没有什么规则。我很久不看别人写的东西了，我是个边缘人。不过身处我的零度空间，我从其他领域借鉴了不少。我喜欢精彩又专业的橄榄球比赛，喜欢拳击和赛马，在这些比赛里所有参与者都几乎是公平的，这些比赛还经常能激发出奇迹和勇气，所以我很乐于观看，它们有时也给了我力量。

喝酒对我完成写作这个游戏有很大帮助，尽管我很少推荐这么做。我认识的很多酒鬼都没意思，当然，大多清醒的人也同样无趣。

关于毒品，我以前当然用过，但现在戒了。叶子会毁掉你的积极性，经常让你最终无路可去。我理解所有的烈性毒品，除了能把你带到疯狂之地的可卡因——它甚至让你搞不清楚你为什么会那样。我所说的对烈性毒品的"理解"是指，我理解那些人为什么要选择使用它们：迅疾的璀璨的旅途，然后很快从里面出来，你知道吗，那很像一种愉快的自杀。但我是个酒鬼，能活得久一点，能写更多……能认识更多女人，能进更多监狱……

关于其他的问题：对，我会收到粉丝的信，不算太多，一周七八封，还好我不是伯特·雷诺兹，我不会全部回信，但有时我会回，特别是当收到从精神病院或监狱寄的信，比如有次我收到一个妓院的妈妈和她的姑娘寄来的信。我不禁感到高兴，因为这么些人都读到了我的作品。我允许自己那么自我感觉良好了一小会儿。很多给我写信的人都在说同一件事："如果你已经做到了，可能我也会有机会。"换句话说，他们知道我曾被弄得有多惨但我依旧这么活着。我不介意他们继续那么想象，只要他们不来敲我的门并进来对我喋喋不休地诉苦再干掉我半打啤酒就行。我待在这儿不是为了拯救他们，我待在这儿是为了拯救自己懦弱的屁股。边喝边打字，看起来能让我保持好运气，不是吗？

我也不是完全孤立的，我有给我精神支撑的人：费奥多尔·陀思妥耶夫斯基，屠格涅夫，一部分的塞利纳，一部分的汉姆生，大部分的约翰·芬提，大部分的舍伍德·安德森，早期的海明威，全部的卡森·麦卡勒斯，写长诗的杰弗斯，尼采和叔本华，只要他的形式不需要他内容的萨洛扬，莫扎特，马勒，巴赫，瓦格纳，埃里克·科茨，蒙德里安，E.E.卡明斯和东好莱坞的妓女，杰克·尼克尔森，杰基·格里森，早期的查理·卓别林，曼弗雷德·冯·里希霍芬男爵，莱斯利·霍华德，贝蒂·戴维斯，马克斯·施梅林，希特勒……D.H.劳伦斯，A.赫胥黎和费城那个面色黑红的老酒保……还有一个很特别的女演员，但我已想不起她的名字，她是我认为的我们这个时代最美的女人，她把自己喝死了……

我有过浪漫故事，当然。我过去认识这个女孩，她长得很美。她曾是埃兹拉·庞德的女朋友，庞德在《诗章》的某节里提到过她。是的，她有次去找过杰弗斯，她敲了他的门，也许她想成为地球上唯一一个既睡过庞德又睡过杰弗斯的女人。但是，杰弗斯没出来开门，开门的是一个老女孩，一个阿姨，管家之类的，她没显摆自己的身份。这个漂亮女孩对那个老女孩说："我想见这个房子的主人。""稍等。"老女孩说。过了一会，老女孩从屋里走出来说："杰弗斯说他已经建好了他的巨石，让你也去建造你的……"我喜欢这个故事，因为那时我和漂亮女们之间也总有很多麻烦。不过我现在想，可能那个老女孩根本就没进去通报杰弗斯，她只是在里面站了一会儿，然后出来飞快地敷衍了那个美人。好吧，后来我也没得到她，我也还没建好我的巨石，尽管有时当我四周空无他物时，它就在那里。

我在这试图说明的是，没有人能永远是名人或好人，那是昨天的事。也许等你死了以后，你能得到名声和好处，但当你还活着，假如什么事是有价值的，假如你能在混乱中创造出什么魔术的话，那它们必须是属于今天或明天的，你过去所做过的一切，都不过像垃圾袋里被割掉的兔子尾巴一样一文不值。这不是什么规律，这是事实。另一个事实是：当我看到这封信里你的这些问题时，我没法回答它们。不然我就可以去教一门关于**创意写作**的课了。

我意识到自己越来越醉，但关于什么是一首坏诗，既然你问到了这个。我一直记得坐在公园长椅上，读《凯尼恩评论》和《塞瓦尼评论》里那些评论文章的时日，我喜欢他们使用的语言，尽管那非常虚假，可我们所有的语言到最后不都是虚假的吗？对吧伙计？我们又能做什么？能做的很少。也许只能靠运气了。我们需要心跳，需要对快乐的细微感知，直到他们发现我们僵死地躺在角落里，没有用的，按照剩下来的这些来说。当我发现我们竟如此局限，我真是太难过了。但你是对的，有什么能和它相比呢？没有用的。还是喝酒吧，再喝醉一次……试着用一把小罐头叉子划破所有这些骗人的垃圾……

致A. D. 维南斯
1983年2月23日

[……] 前段时间我被邀请去了纳罗帕大学，不是因为杰克·凯鲁亚克的无实体诗学那档子事儿，是因为一个两周的事情，我是指工作……首先，我收到女诗人（安妮·沃尔德曼）的信，我告诉她："不行。"接着金斯堡联系了我，我不得不对他说我只是不想做那一类事情。我能对大多数人讲的关于写作的话就是：**不要写**。现在一切都被过度污染了……

我从来没喜欢过"垮掉的一代"，他们都太自以为是，同时毒品又令他们呆若木鸡，或者把他们变成了娼妇。我是个老派，我主张单独工作和生活，人群会消磨你的意志和独创性……当你和作家们待在一起时，除了那些废话，你什么都听不到、得不到。或者也许我天生就喜欢独自去开掘，身边没有任何人时我才感到放松。

致杰克·史蒂文森
1982年3月

[……] 卡夫卡，你是对的……我喜欢他。每次我想自毁的时候，我总是喜欢读他，他好像总能安慰我，他的作品打开了一个黑洞，你刚好可以跳进去，他能给你耍一些奇妙的小把戏，并且他几乎带你离开了那些街巷。D.H.劳伦斯对我来说情况一样，我也能从他那里获益，每次我感觉很糟糕时，我就一头扎进他那些热情又扭曲的东西里，然后就好像能离开这该死的小城，甚至是能离开这该死的国家。海明威总是让你有种被欺骗和被耍弄的感觉。舍伍德·安德森是个奇怪的混蛋，但我喜欢迷失在他呓语般的胡话里。嗯……

布考斯基提到的这首有拼写错误的诗叫《等待圣诞节》，1983年发表在《吹》上。

致约翰·马丁
1983年10月3日

IO-3-83

Hello John:

  enclosed new poems....

    Also, mimeo poetry booklet with some of my poems and a nice review of HAM ON RYE. The thing is, in case I mailed you these poems, see first page in mag. 4th word first line should read "trugs". There isn't such a word as "turgs". For the record.

    I hope HOT WATER MUSIC arrives soon. I get the idea that printer's and binders tend to set their own pace. Probably akin to trying to get a roofer to come by and fix a leaky roof.

    all right,
       your boy.

P.S.— I WILL BE JUMPING BETWEEN THE NOVEL, THE SHORT STORY AND THE POEM, AND I DON'T KNOW WHY MORE DON'T DO THIS. IT'S LIKE HAVING 3 WOMEN — WHEN ONE GOES SOUR YOU TRY ONE OF THE OTHERS.

HI, BABY!

HE GOT HAREM!

寄去一些我新写的诗⋯⋯

还有油印的诗歌杂志，上面有我的几首诗，以及一篇关于《火腿黑面包》的不错的书评。有个情况是，我应该给你寄过这些诗，你看杂志的第一页，第一行的第四个单词，本应该是"trugs"，并不存在"turgs"这么个单词。特此说明一下。

我希望《苦水音乐》能尽快上市，我感觉那些印刷工和胶订工好像都待着没怎么动。可能这类似于你试图叫一个修屋顶的工人过来修漏雨的屋顶那么难。

另：我接下来会交叉着同时写长篇、短篇和诗歌，我不知道为什么别人没有这么做。这就像你同时拥有三个女人——当你厌倦了其中一个，你可以去找另一个。

– 1984 –

致威廉·帕卡德

1984年5月19日

好的，既然你问了……否则，讨论诗歌或缺少了诗歌会怎么样，真的有点太过"酸葡萄"——关于水果不好吃的老套表达。这真是蹩脚的开场白，不过我只喝了一口酒。老尼采看得很准，当他们问他（也是发生在过去的事了）关于诗人的问题，"诗人？"他说，"诗人们说了太多谎话。"这只是他们所有错误中的**一个**，假如我们想知道诗人们到底怎么了或现代诗歌到底出了什么问题，我们也需要回头看看过去。你知道，现在学校里的男孩们都不喜欢读诗，甚至还要取笑诗歌，将诗歌看低为某种娘娘腔的运动，他们这是彻底错了。当然这里面有一种长期积累的语义学转变，使得读者很难全神贯注地去读诗，但这还不是让男孩们放弃诗歌的最主要原因。诗歌本身就出了问题，它是假的，它没法触动任何人。拿莎士比亚举例：读他的东西简直令你抓狂。他只是偶尔能点中要害，他给你一个闪亮的镜头，然后又回到不痛不痒的状态直到下一个要害出现。他们喂给我们的诗人都很不朽，但他们既没有危险性也不好玩，我们就会把他们丢到一边，去找些更正经的事情做：放学后打架打到鼻子流血。每个人都知道如果你不能尽早进入年轻人的意识里，最终你只能见鬼去吧。爱国者和信仰上帝的人都非常明白这一点。诗歌从来都没有做到过这一点，并且看起来未来依然做不到。是的，是，我知道，李白和别的一些中国古代的诗人可以只用几行简单的句子，就表达出一种伟大的情绪和伟大的真实。当然，也有例外，尽管还没能跨越更多的阶梯，人类也并非一直都是残废的。但大量的纸书印刷品和与之相关的东西都非常不可靠，都空洞无比，几乎都像某个家伙对我们做的恶作剧，或者比这还要糟糕：很多图书馆都是笑话。

现代借鉴过去，并延续了过去的错误。有人声称诗歌是写给少数人的，不是给大众看的。很多政府机构也是这样，还有那些富人、某个阶层的太太们，还有那些特别建盖的厕所。

最好的研读诗歌的方式是阅读它们然后忘记它们。如果一首诗无法被读懂，那我不会认为它有什么特别的可取之处。很多诗人都在写一种被保护起来的生活，他们可写的东西非常有限。比起和诗人们聊天，我经常更愿意和清洁工、水管工或炸点心的厨师聊天，因为他们懂得更多关于生活的日常问题和日常欢乐。

诗歌可以是令人愉快的，诗歌可以写得清晰明了，我不理解为什么它非得被弄成别的样子，但它确实就成了那种样子。诗歌就像坐在一间闷热的、窗户关死的房间里，任何空气和光线透进来的可能都很少。很可能这个领域已经被从业者彻底败坏了。每个人都太容易把自己称作"诗人"。当你假定了自己的立场，你能做的事情就非常少。大多数人不读诗是有原因的，原因就是现有的诗都太差、太无力。难道精力充沛的创造者都去搞音乐、散文、绘画或雕塑了吗？至少在这些领域里时不时还有人能推翻陈腐的高墙。

　　我总是离诗人们远远的，我还住在贫民区的破屋里时，很难做到这一点。他们一找到我，就会坐下来散布流言蜚语并喝光我的酒。其中很多诗人都已经相当出名，但他们对其他诗人的嫉妒，都让他们显得极度不可信。他们理应是把热情、智慧和探索精神放在文字里的人，但实际上他们仅仅是令人恶心的混蛋。他们甚至都不会喝酒，嘴边的唾沫星子乱飞，口水流到衣服上，稍微喝几瓶就变得很轻浮，边吐边夸夸其谈。他们的臭嘴不停说着所有不在场的人的坏话，我一点都不怀疑以后在其他地方他们肯定也会这么说我。我没感到什么威胁，但问题出在他们走后——他们卑劣的气息弥漫在地毯上或窗帘的阴影里，到处都是，有时要一两天后我才感觉一切都恢复了正常——我是说，哎呀：

　　"他是一个意大利犹太混蛋，他老婆在精神病院呢。"

　　"X特别小气，每次他开车到了山顶，往下跑的时候他就收了油门，放到空挡上。"

　　"Y脱了裤子，求我从后面干他，还让我永远不要告诉别人。"

　　"如果我是一个黑人同性恋，我早就出名了。现在这样我毫无机会。"

　　"我们一起弄个杂志吧，你能凑到钱吗？"

　　接着再来说说巡回朗诵会。如果你那么做是为了房租，完全可以。但大多数人都是因为虚荣心，他们宁愿免费去朗读，很多人都那样。假如我那么渴望舞台，我还不如去做演员呢。我对那些来找过我并喝掉我酒的人，表达过我不喜欢对着观众读诗。那种朗诵充满自恋的腐臭气，我告诉他们。我看过那些花花公子们站起来口齿不清地读着他们无力的诗句，全都特别枯燥乏味，那些观众看起来也和读者一样平庸，简直就是：一群死人杀死了一个死气沉沉的晚上。

"哦，不对，布考斯基，你**错了**！过去的行吟诗人也会到大街上给公众读诗的！"

"难道就没有一种可能是他们本来就很差吗？"

"嗨，**哥们儿**，你说什么呢？情歌！心灵之歌！诗人们的心是相通的！现在我们的诗人还不够多！我们需要更多的诗人，去大街上，去山顶，到处都需要诗人！"

我猜这里面有各种好处。我南下朗诵的时候，某场朗诵后有个聚会，就在那个张罗朗诵的教授家里，我正站在那里想着要试试别人喝的酒，想换换口味，这时那个教授走了过来。

"嗨，布考斯基，你想要哪个？"

"你是说，从这些女人中选一个？"

"是的，你知道，这是南方的待客之道。"

房间里肯定有 15 至 20 个女人，我匆匆看了她们一眼，感觉要是选那个穿着红色短裙露出一大截腿的老奶奶，兴许有可能拯救一下我该死的灵魂。

"我选站在那边的摩西奶奶吧。"我告诉他。

"什么？不是吧！好吧，她是你的了……"

我不知道怎么回事，但话已这么说出。奶奶正和某个家伙说话，她打量了我一眼，笑笑，轻轻挥了挥手。我也笑了，朝她眨了眨眼。我要用她的红裙子裹紧自己。

这时走过来一个高个子金发碧眼的女人，她面色白皙，长得很标致，一双深绿色的眼睛，腰身苗条，神秘而年轻，哈，就是那种女人，你知道的。她走过来，晃着她的大胸，气喘吁吁地说："你的意思是说，你要选她？"

"哦，是的，女士，我打算把我名字的首字母刻在她屁股上。"

"你个傻瓜！" 她啐了我一口唾沫，转身和一个年轻的黑头发学生说话去了，那位学生托着一根脆弱纤细的脖子，因为某种深陷想象的痛苦，疲倦地朝一边歪着他的脑袋。高个子女人可能是那个城市的领袖诗人，或者甚至可能是那里唯一的诗人，但我却毁了她的那个晚上。不管是对着 500 人朗读还是对着空气朗读，他们确实都付钱了……

再说得远一点，在那段带着旅行包和越来越厚的诗稿四处朗诵的时候，我遇到过其他一些同类。有时他们正要走，我才刚到，或类似的情况。我的天哪，他们看上去和我一样没精打采、眼睛充血，和我一样沮丧。这让我对他们多少有些期待。我们都是在应付差事，我当时想，这个工作很脏，我们都知道。其中有少数几个人，写诗对他们来说有点像赌博，他们在诗里尖叫，好像在处理什么问题。我感到我们都把胜算压在了我们写的那些垃圾上，试着要把自己从工厂或洗车房，甚至是从精神病院里拉出来。我知道在我的运气还没起作用之前，我几乎都计划去抢银行了。那样也比被一个穿着红色超短裙的老奶奶玩儿了要好……然而，我想说的是，他们不少人最初写得挺好的……可以说几乎像夏皮罗早期所写的《字母V》一样精彩，但现在我四下看了一圈，他们已经被吞没、被消化、被建议、被干扰、被征服、被批评。他们教书，当驻留诗人，他们穿着漂亮的衣服。他们变得平静，也因此写得四平八稳，毫无内容，像没油的坦克一样毫无动力。**现在他们教诗歌课。他们教别人如何写诗。**他们从哪里得来的自信竟然认为自己懂诗？这真令我难以理解。他们怎么这么快就变得这么聪明？他们怎么这么快就变得这么无趣？他们都经历了什么？这到底怎么回事？他们这么做究竟为了什么？耐力比事实更重要，因为没有了耐力，就不可能有事实。并且事实将如何结局，要看你自己是怎么做的。那样的话，就算死神过来夺命，它也赢不了。

好吧，我已经说得太多了。我都快像过去那些跑来吐在我沙发上的诗人一样啦。我说的话也和其他人说过的没什么区别。只想告诉你我有了一只新小猫，男孩，我需要一个名字。我是说，我需要给小猫起个名字。已经有不少现成的好名字，你觉得呢？比如杰弗斯、E.E.卡明斯、奥登、斯蒂芬·斯彭德、卡图卢斯、李白、维隆、聂鲁达、布莱克、康拉德·艾肯，还有埃兹拉、洛尔迦、米莱，我不确定。

哈，该死，也许我直接叫这个小贱种"娃娃脸尼尔森"好了，就这么定吧！

致A. D. 维南斯
1984年6月27日

[……] 我想对我来说最幸运的事情是成了一个作家。50岁之前我一直都不成功，不得不四处谋生。这让我得以远离其他作家和他们的社交游戏，并且远离他们的中伤和抱怨，既然现在我已经有了一些运气，我依然会让自己离他们远一点。

他们继续他们的攻击好了，我只想继续我的写作。我这么做也不是为了寻求不朽或什么名声。我这么做因为我必须去写和我想写。大部分时间，我感觉都挺好的，特别是每当我坐在这台机器前，词语不停涌出，并且好像语感真的越来越好了。不管这是真是假，不管这么做是对或错，我会一直写下去。

致卡尔·维斯纳尔

1984年8月2日

[……] 过去这些年你为我和黑雀所做的一切，你对我作品的翻译和你一直以来为我的书所做的努力，都是我经历过的最难忘的事情。发生在我身上的最幸运的事有两件：一是当马丁发现了我，你便决定做我的译者和代理，并且我们成了好朋友；再有就是乔恩·韦伯在我毫无名气的时候，在那些伟大的作品集里发表了我的作品。这个世界上确实有充满魔力的人，毫无疑问你就是其中一个。[……]

对，是的，我收到了很多从不同地方寄来的我作品的外版书，很多地方我几乎都不知道那是哪儿。我的书架都快放不下了，它们被摊得满地毯都是。我需要在卧室放个新书架，可能很快就弄一个。这真是太巧妙了，想想那些身在遥远国度的人，正坐在那里阅读《女人》《杂役》《没有北方的南方》《火腿黑面包》，等等……我还收到女人们从远方寄来的情书。一个在澳大利亚的女士寄来了她房子的钥匙。还有其他人写的长信。在我们美国这边，我收到不少 19 至 21 岁的女孩写来的信，说要来找我。我告诉她们不要那么做。没有什么是免费的，凡事都有代价。我告诉她们去找同龄人玩。[……]

马丁让我给《战争不断》画插图，我试着告诉他我的写作和画都来自同一个地方，但我现在更想写作。我没办法让他明白这一点。所以就醉醺醺地坐在那里把颜料挤在纸上，再把那些纸放在地板上，猫在上面走来走去。我没阻止那些猫。

– 1985 –

荷兰的奈梅亨图书馆下架了《勃起、射精、展览和正常疯子的普通故事》这本书。

致汉斯·范·得·布洛克
1985年1月22日

　　谢谢你写信告诉我我的一本书被奈梅亨图书馆下架了。又是指控这本书有涉及黑人、同性恋和女性的不良内容。这么做是残忍的，因为这就是残忍本身。

　　恐怕这是对幽默和真相的歧视。

　　如果我写了关于黑人、同性恋者和女性的"坏话"，那是因为我遇见的人就很坏。"坏的"原本就太多了——坏狗，坏的制度，当然也有"坏的"白人男性。但现在只有当你写白人男性有多坏的时候，他们才不会批评你。难道非要我说黑人如何"好"、同性恋如何"好"、女人如何"好"吗？

　　作为作家，写作时，我仅仅是在用文字照相，拍下我所看到的。假如我写了"残忍的事"，那是因为残忍确实存在，它不是我发明出来的。假如我在作品里写到过一些恐怖的行为，那是因为这样的事情在我们的生活里发生过。假如这些恶魔般的事情真的大量存在，我一定不会站在恶魔那一边。具体到我的写作里，我并没有完全赞同所发生的一切，我也并非一直趴在污泥里就为了去写那些阴暗面。另外，很奇怪的是，人们在责骂我作品的时候，好像完全忽略了我书中也写到过很多欢乐、爱和希望，里面确实有很多这样的章节啊！每一天，每一年，我的生活起起落落、明明暗暗，假如我只是反复去写那些"光明"，而不写其他的，那作为艺术家的我就是个骗子。

对那些不管面对自己还是面对别人时，都需要隐藏起事实真相的人来说，审查是种不错的手段。他们恐惧，因为他们无力面对真相，但我却不能对他们发泄我的愤怒，我只是感到一种可怕的悲哀。总之，按照他们的教养，他们一直在和我们现有的全部真相作对。

我并没有因为我的一本书中枪了、被某个地方图书馆下架了，就感到沮丧。某种意义上说，我很自豪我写出了一些能让他们从黯淡深渊里警醒的作品。但我受伤了。是的，当某个人的书被下架时，都因为那本书通常是一本伟大的书，这样的书不多，并且很多年后那些书通常会成为经典，过去那些被认为惊世骇俗、不道德的书，现在已是我们大学里的必读书。

我不是说我的书一定也能成为其中一本，但我想说的是，在我们的时代，在每一刻都可能是我们最后一刻的现在，我们却还要和那么多小人、阴险的苦命人、喜欢搞政治迫害的人、反现实的演说家们为伍，这真他妈太令人难堪，太令人陷入一种不可思议的悲哀里了。然而，这就是我们要面对的，他们也是这个世界的一部分。假如我以前没写到过他们，我会写的，也许已经写了，这就够了。

希望我们一起变得更好。

致A. D. 维南斯
1985年2月22日

[……] 关于你要在 50 岁时辞职这件事，我不知道该说什么。我也早就放弃了我的工作，那时我的整个身体都很疼，几乎抬不起胳膊。如果有人碰我一下，就那么轻轻一碰，我都能感到巨大的疼痛正将我摧毁，我简直完蛋了。他们已经凌辱了我的身体和精神数十年，我却依然身无分文。只有不停喝酒我才能忘掉正发生的所有一切。我立志我一定要离开贫民区。我是当真的，但结果并不太成功。我最后上班那天，有个家伙说的话被我听到了："那个老男人真有勇气，竟然敢在这个岁数辞职。"我没感觉到我有年岁，时间只是一年年累积再一年年滚远。

是的，我恐惧过。我担心作为一个作家，我无法应付金钱方面的事情：房租、孩子的抚养费。吃的不重要。我喝着酒，坐在打字机前，用 19 个晚上写完了我的第一个小说《邮差》。我喝着啤酒和威士忌，穿着短裤坐在那里，抽着便宜烟听着广播。我赚到了房租，同时也得到了不少非议，那些养尊处优的人说："他恨女人。"我那些年的纳税申报单可以告诉你我的收入少得多么离谱，但无论如何我活下来了。接着就有了一些朗诵会，我虽不喜欢朗诵，但那确实可以给我带来更多的钱钱钱。那段时间我总是喝得晕晕乎乎，但我的运气还不错，然后我就不停地写写写，我喜欢听打字机发出的砰砰声。每天我都在战斗。我有幸遇到了很好的房东和房东太太，他们觉得我疯了，我每晚都到楼下和他们一起喝酒，他们有个冰箱，里面除了很多瓶东区啤酒之外再没有其他东西，我们一瓶接一瓶喝光了所有酒，一直喝到凌晨 4 点，还唱了很多 20 世纪 20 年代和 30 年代的老歌。"你真是疯子，"我的房东太太不停地说，"你竟然辞去了邮局那么好的工作。""你现在和那个疯女人在一起，你难道不知道她疯了吗？"我的房东会这么说。

另外，因为写《老淫棍手记》这个专栏，我那时每周能挣到 10 美金，我想说的是，10 美金在当时看起来是挺大一笔钱。

我不知道 A.D.，我不知道我是怎么做到的。喝酒一直对我很有帮助，现在依然是这样。另外，坦白说，我喜欢写作！**我喜欢打字机的声音**。有时我想我就只是为了听打字机的声音，我喜欢坐在打字机前边喝酒边写作那种感觉，喝着啤酒掺威士忌，找出抽过的烟屁股，一边喝酒一边点火，把我的鼻子都烧了。我打字，与其说是为了成为一个作家，还不如说我只是在做一件我很喜欢做的事。

运气通常是被安排好的，我只是持续不断地写。女人们越来越年轻、越来越挑剔，某类作家们开始憎恨我，他们还在恨我，以后只会更恨。这都没关系。重要的是我没有死在邮局的板凳上。安全感？什么是安全的？

致约翰·马丁

1985年6月

你已经靠出版谋得了生活，并且大部分你想出版的作家你都出了，虽然有些作家不再像最初那样是你听从"文学"声音的指引而选择的——那样的作家会给你带来真正的"声誉"——你越来越像个赌徒，一个总是在赢的赌徒，因为你的做事风格、智慧和直觉。能卖的书不一定真有多好，但卖不出去的书一定很烂，一定不是因为别人不理解你的艺术形式的问题。滥竽充数的东西太多了。想把一摊子事运作好，需要一双能把好垃圾从垃圾堆里拣出来的慧眼。你做事的一腔热情，让那些总想不劳而获、意志松懈、心怀庸梦的人自惭形秽。

当他们无法做成某个事情的时候，他们就说服你去做；他们的嫉妒心出自他们可怜的自卑。你只需向前走，继续前行，他们却只能抱怨自己肤浅的不幸，而造成这种不幸的，正是他们显而易见的懒惰和他们自己那草秆般软弱的脊梁骨。

你是个出版人，是编辑和审读者，你也是收款人、公关，天知道你还有哪些角色，当你听着那些所谓的大人物在电话里悲叹着、絮叨着种种无聊的愤恨，都是些轻微的廉价的困扰着所有活着生命的痛苦，但他们却觉得自己是被特别选定的，因为他们特有的敏感，因为他们是被选中的，是所谓的天定的十足重要的天才。

你把这个工作干得真好，好极了，但令我困惑的是——可能你自己都不觉得这是个困惑——我觉得你所做的、在做的、未来要做的，都缺少足够的认可，这非常没道理并且特别暴力。我敢说过去 30 多年你所出版的文学作品的量，在美国出版史上依然是无人能及的。然而他们给你了什么评价？并不是说你需要那些赞誉，但我希望你能得到，我希望冠军都不被淹没。

你的问题是为了做好这个工作，你不得不放弃很多自己的时间去出席各种各样的鸡尾酒酒会，去舔媒体和大学教授们的屁股，他们只会把你拖入无聊又死气沉沉的高级圈子。

别担心，爆点已经够多了，就算不够，你的成就也摆在那儿，黑雀，真是个傻乎乎又棒极了的好狗崽子！

> 下面这封信里，布考斯基讨论到的两本书分别是约翰·芬提的《去洛杉矶的路》和《青春葡萄酒》，都是约翰去世后于 1985 年由黑雀出版社出版的。

致乔伊斯·芬提
1985年12月18日

你问我关于约翰的新书，我感到很抱歉，我已经几天几夜坐立不安，想着怎么回复你。但我只能这样回复：我不喜欢这本书，也不喜欢紧跟其后的另一本。

你知道，反风格也是一种方式，幽默并沉溺于痛苦也是一种方式，但这些体现在这两本书里时，都让我感觉很糟糕。破坏是没有问题的，假如你的破坏是带着某种勇气的，但如果你的破坏只是为了破坏本身就得另说，你看，我们的生活里每天都发生着这种无效的破坏，正在发生或将要发生，在高速公路上，在大街小巷里。

约翰对我产生的影响是最重要的，其他影响过我的还有塞利纳、陀思妥耶夫斯基和舍伍德·安德森，约翰为我们的时代写过一些感觉极好、魅力十足的书，但我觉得这些晚期或早期的作品还是不要出版比较好。我这么说可能不对，当然，我总是错的。

我曾去看望过我的英雄（请原谅我用了这个词），在他晚年的时候，当时他的身体状况已经很不好了，那天对我来说既难过又开心。我希望和约翰说过的不多的几句话，能对彼时深陷地狱中心的他起到过一些帮助。

总之，我始终会记得读《问尘》的感觉，我依然认为那是一直以来最好的小说，不管它的价值到底怎样，它确实几乎拯救了我的生命。

没有人可以一直处在他们领域的顶峰，确切地说，只有少数几个人接近了那种状态，约翰就是其中一个，他不止一次做到了。你曾和一个痛苦的男人生活在一起，最终，凭借一种爱，他超越了他的痛苦，这爱充盈在每一行文字里并将它们变成难忘的记忆：

是，虽然不是
是，因为不是
不是在说：
是的是的是的

他继续这么说着，即使在我最后一次见到他的时候。
再也不会有另一个约翰·芬提了……
毕竟他是一只心脏强悍的斗犬！

– **1986** –

致库尔特·尼莫
1986年3月3日

　　抱歉马丁成了困扰你的噩梦。我是他马厩里的种子选手，所以每次任何人使用了一丁点儿我零散的诗歌，都会让他不安到几近疯狂。《凶残如毒蜘蛛》做得很漂亮，我觉得你用我那些诗是可以的，里面有好几首真的特别好，坦白说，你这么做我很高兴……

　　马丁有我上千首诗，成千上万首，我连续20年都在不断给他寄作品。足够他做五六本或六七本诗集了，一点问题都没有，并且那些诗写得都很好。我的作品量真是很惊人。

　　马丁在故意拖延我下本书的进度，为的是激起读者们的热望和饥渴感。他还讲了帕克上校如何运作E. 普里斯利的方式，他说帕克把普里斯利的作品往后排，那样大家就更想看到他。呸，普里斯利那些愚蠢的电影，我可不会把那叫作故意拖延。

　　马丁和我，我们差不多是同时起步的，所以我总感觉我应该对他保持某种忠诚。另外一方面，如果不是为了我，他甚至可能都不会陷在这个游戏里。

　　我只是不喜欢给马丁……画那些插图，我想做的就是喝酒和打字。

　　他把写给你的信也复印了寄给我了。然后他为什么还会打那个电话……给你？

在这整件该死的事情里，马丁都太过分了。

在我看来，你只是因为喜欢那些诗，所以你才发表了它们，然后你把杂志卖给了你的订户们……在我看来，你这么做并非要试图摧毁马丁的帝国！

致约翰·马丁

1986年3月5日

这件事太烦人了。

我开始明白黑雀只想出版它想要的东西。

你的储备库里到底都还有些什么？

这就很像你把一只畸形猴子关在笼子里，让它按你的命令表演。

就是因为你简单粗暴的赢利动机，我的精力已经被严重损毁了。

当我的读者狂热地想要吃到我更多作品的时候，你却一直把我往后推。

我对你的忠诚要开始松动了，甚至好像已经松了。

我现在就只想给你写这封该死的信。你只想让大家看到我能量的 1/6。

这就是谋杀，你在杀死我。

没有哪个诗人在他的时代，遭受过像我现在所遭受的限制。

致威廉·帕卡德
1986年3月27日

　　刚刚收到《纽约季刊》第 29 期，看到你发表了很多柴纳斯基的诗！你让他觉得自己像 E.E.卡明斯，甚至可能有点像埃兹拉和李白，我今晚喝着红酒，感觉真是好极了！我喜欢我打在纸上的文字和海明威的迥然不同，我喜欢那些文字像是刻在冰上的一样，同时它们也充满轻微的笑声。

　　谢谢你为我下了注。我敢肯定在很多人那里，我的作品都被认为是"非诗"，当然，看到这个说法，我挺无动于衷的。

　　所以，哈……嗯……我……再给你寄去一些诗，虽然我知道你已经有过量的库存啦。如果不是收到《纽约季刊》，我可能就把它们寄给别的什么杂志了，但现在我还是兴高采烈地把这些诗寄给你。这可不是自我推销……如果它们都被退回来了也没事，版面就那么点儿，而作者又那么多，那样的话我就再改投别处……

　　我花了几十年才在写作上获得了某种运气，我觉得这样是最好的——做过太多没有价值的工作，经历过那些粗俗的女人，同时看了太多其他作家的书，并且从中我都一无所获。当你是个奴隶或者当你是别人手中金钱的仆人时，大多数写作都很难获得快乐。当然，年轻的心气儿会让你感觉自己比实际上还要优秀。早期的时候，我写得太像萨洛扬和海明威，可能还有些像舍伍德·安德森。很快我就开始不喜欢萨洛扬，因为他不懂得因时而变，我也不再喜欢海明威，因为他一点儿幽默感都没有，他们都令我筋疲力尽。舍伍德·安德森还算好，他始终坚守了某些东西。李白，我会一直喜欢他。

总之，当我坐在打字机前感到挫败时，我就跑去喝更多酒、找更多女人，这很像在为写作找些时髦的替代品，当然这些也差点杀了我，但我做好了被杀的准备，却一直没被杀掉。而且尽管我舍弃了另一种类型的写作，但不知不觉地，我还是得到了一些奇怪又疯狂的素材，比如有人在某个大学里孜孜追求一个文学博士学位之类的。谈不上失败。你知道，曾有好心人告诉我："每个人都在受苦。"我总回复他们说："没有人像穷人那样受苦。"之后我就再也不理他们。

写作只是这么多年来我们一天天变化的结果。它是一张该死的自画像，就挂在那儿。并且，过去写完的东西都等于零，重要的是……是接下来的那一行。当你无法写出下一行的时候，并不表示你老了，而是表示你死了。这种情况是会发生的。我希望这一天来得慢一点，尽管对我们所有人来说，这一天迟早会到来。再往这个打字机里多放一张纸，在这发烫的台灯下，喝点酒，重新点着那些烟屁股，当我可怜的妻子在楼下听见点烟声，她可能会想我是不是疯了或者已经喝得烂醉，或者我怎么样了。我从不给她看我正在写的东西，我也从不和她讨论什么。当运气降临，一本书出版，我坐在床上读一读，什么都不说，把书递给她，她也会读一读，但很少说什么。神的生活也不过如此，这种生活超越了生死。就是这样，这样的稳固。当我的骨架躺在棺材底上的时候（我会有个棺材吧），没有什么能将这些伟大的夜晚抹去，无数坐在打字机前的夜晚。

致卡尔·维斯纳尔
1986年8月22日

[······] 我在 15 分钟里几大口喝下了满满一瓶酒，冰白葡萄酒。必须这样喝，不然它很快就不那么冰鲜了。这就很像我的一本新书《有时你孤单成自然》。没有什么是不朽的，也许除了曾经有过的笑声。有天巴比特路过我这看到这些纸箱子里满满的诗稿。

"天哪，这些都是你写的吗？"他问。

"这只是今年写的。"我说。

"马丁选出你最好的那些诗了吗？"

"希望选了······"

嗯，大部分诗人会自己选自己的诗，我呢，我太懒了。与其忙着选诗我还不如多写点新的。马丁最大的秘密之一是他密藏着我**上千首诗**。他永远也不会把它们都出版出来，他又活不了那么久。我可能有点疯了。当我感觉不想写东西时，我几乎完全感觉不到我在写什么。对于马丁呢，我只希望他能把那些更狂野的诗都发表出来，我感觉他把我塑造得太过正常了点儿。

我打算回过头去写短篇。这个文体很棒，你可以在里面发挥更多。情况是，当我感觉很不错的时候，我可以写出一个很好的短篇，但我总是感觉一点儿都不好，所以才有了那些诗诗诗······要不是靠写诗放松，我可能已经自杀了，或者正在附近的精神病院大量吃药呢。

$-$ **1988** $-$

致卡尔·维斯纳尔

1988年7月6日

[……]滚滚而来的诗歌挡了小说的路,此外还有皮肤癌在哀号,有时只有靠喝酒和写诗才能应付那种状况,有时那状况会持续一周,或几周。

小说(《好莱坞》)还停在第173页,一直没再增加。我认为这种写作是可以的,尽管每次书出版之后,我总会面对进一步的问题。但我们的法院工作都排得太满,等一个案子结案,一般都要等五六年,在这个过程里还要遭遇各种反诉,律师越来越胖、越来越富有,委托人却疯了。

《滴水嘴怪》,是的,它已经存在很长时间了,不过他们发表的东西看上去都很平稳,缺少冒险精神和紧张感。杰·多尔蒂告诉我,你提出要做一个掷地有声的访谈,我很期待。我一向喜欢你看待生存问题的角度。

《公寓情歌》,是的,但我还是喜欢我现在正做的事情,一切都越来越清晰了。我想既然我已经和打字机缠在了一起,就应该不停地把这事做好。

致卡尔·维斯纳尔
1988年11月6日

[……] 是的，我写完了《好莱坞》。我感觉写得还行。很多地方能让人捧腹大笑。实际上我像喜欢别的作品一样挺喜欢这篇的。当然，作为一个作者，他不好判断自己的作品。但写作一直是我的补药，是我的灵丹妙药。嗯，因为很多事情都在吞噬我，在撕咬我，在对着我嘶喊，只有打字机和纸才是我的出口，即使我在写一个恐怖故事，写作也能帮助我清理掉混乱，让微光透进来。有时当生活看起来毫无机会，一切才显得有条理。

我也更喜欢在大脑处于一种开心的状态下写作，只有当少见的幸运时刻降临，才能有那种状态。我不相信痛苦是艺术的推进器。痛苦太常见了，没有痛苦我们照样也能呼吸，如果痛苦允许我们呼吸的话。

关于巴勒斯，我从来没太喜欢过他。很抱歉知道他对你的意义也变得微弱。情况都是这样的：金斯堡、柯索、巴勒斯，等等。对我来说，他们很久之前就暗淡了。假如你的写作只是为了出名，你写的就是屎。我不想定什么规则，但如果非得定个规则的话，那就是：只有一种作家能写好，就是那些写作只是为了防止自己发疯的作家们。

— 1990 —

1990 年 1 月，亨利·休斯在《梧桐评论》上发表了布考斯基的诗。

致亨利·休斯
1990年9月13日

9-13-90

Hello Henry Hughes:

    I'm glad I got a couple past you.

    I'm 70 now but as long as the red wine flows and the typewriter goes, it's all
right. It was a good show for me when I was writing dirty stories for the men's
mags to get the rent and it's still a good show for me as I write against the
hazards of a little fame and a little money--and those approaching footsteps
on that thing with the STOP sign. At times I've enjoyed this contest with life.
On the other hand, I'll leave it without regrets.

    Sometimes I've called writing a disease. If so, I'm glad that it caught me.
I've never walked into this room and looked at this typewriter without feeling that
something somewhere, some strange gods or something utterly unnamable has touched
me with a blithering, blathering and wonderous luck that holds and holds and
holds. Oh yes.

296

很高兴我有几首诗被你选中了。

我现在 70 岁了，只要红酒还在流，打字机还在响，就都没问题。当我为了房租给那些男性杂志写黄色故事时，生活对我来说是一场精彩的秀，现在它依然很精彩——我边写作边对抗着各种蝇头小利的危害，对抗着**"终结"**这个标牌邻近的脚步。有时我很享受这种和生活的辩论，换句话说，离开时我也将毫无遗憾。

有时我把写作称为一种疾病。如果真是这样，我很开心这种病找上了我。每当走进这个房间，看着这台打字机，我总能感觉到某些来自别处的事物，某些奇异的神灵，某种完全难以形容的事情，正以一种不可思议的、絮絮叨叨的、绝妙的幸运触动着我，并且这幸运的感觉在持续、持续、持续。哦，是的！

致《北科罗拉多评论》的编辑们
1990年9月15日

［……］我注意到你们杂志是附属于大学的，但你们看起来一直还挺有人性的，至少从你们的回复来看。不过最近几年我也注意到，有个别几份大学出版物在它们所要传播的内容方面，都越来越有一种开放的冒险精神和异质性，我是说它们看似已经爬出了 19 世纪，毕竟 21 世纪就要来了。确实是个可爱的信号。

是的，我理解你们所说的写作和作家。我们看起来已经失去了目标。作家们写作的目的好像就是为了被人当成作家而已，他们不再写作则是因为这件事会让他们边缘化。我回过头去查看庞德、T. S. 艾略特、E. E. 卡明斯、杰弗斯、奥登、斯彭德他们的情况，他们有些作品能力透纸背，能将纸灼烧，诗歌就能成为事件，是一次次爆炸。那是种极大的兴奋。现在，这几十年好像都静悄悄的，几乎是一种**训练出来的**寂静，仿佛无趣才代表着天赋。如果有一个新的天才出现，也仅仅是一闪而过，不多的几首诗，一本薄薄的诗集，接着他或她就沉沦了。只有天资却没有耐力，简直就是该死的犯罪。那意味着他们跳进了温柔的陷阱，意味着他们相信了既得的荣誉，意味着他们文路的短暂。一个作家不是因为他写出过几本书就能被称为作家，一个作家被称为作家仅仅因为他现在还能写作：今晚、这一分钟。我们有太多所谓的作家，他们的书从我手边绵延到地板上，但他们完全都在说废话。我认为我们只吹走了半个世纪臭气熏天的风。

是的，我喜欢古典作曲家。我经常一边写作一边听音乐喝红酒，抽着印度芒格洛尔象头神手卷烟。回旋的烟雾，再加上打字机的声响和音乐声，这是多好的一种向死神脸上吐唾沫的方式啊，同时也庆贺着死神。是的！

致凯文·林

1990年9月16日

[……] 我理解你关于诗歌的看法。过去几十年里，诗歌的陈腐之气一直困扰着我，不仅仅是我们时代的诗歌，过去时代的诗歌也同样困扰我，包括那些所谓的最好的诗。感觉每个人都在自吹自擂，显摆着，为了一点卑微的名声就表现得火急火燎，把诗写得漂亮又精微。[……] 散文也紧跟这个趋势。我不是为了以此推断自己就是个伟大的作家，但我想说，作为读者我也常感到被欺骗、被蒙蔽，感到自己被这档子买卖里那些明显的小把戏耍弄了——一堆根本不值得学习的小把戏。

哦是的，我知道爱德华·埃尔加先生，他可以一边为英国女王甚至为整个国家作曲，同时还能保持自己颤音的魔力。还有埃里克·科茨，刚好在这说一下这个英国作曲家。还有很多很多非常伟大的超越时间的古典音乐作曲家，我几个小时几个小时地听他们的音乐，那是我的解药，音乐可以抚平我可怜的愤怒的头脑里的疙瘩。不同于诗人和散文家，作曲家们显得非常诚实，有耐力，并保持着满满的创造力和火力。我怎么听他们都听不够，这个名单好像是无穷无尽的。他们很多人几乎为了工作而放弃了生活。这是种终极意义上的冒险。我每天听好几个小时的古典乐，经常是从广播里听，这么多年之后，我甚至还经常能听到某首新的令人吃惊的作品，竟然是以前从未播放过的。

　　每当我听到这么一首曲子时，那些个夜晚就显得格外伟大。我知道好坏的标准以及编曲的标准，但不管它们有多好，等你差不多已经能记住每个音符的走向，它就显得有点不那么好了。我的写作，尽管看似都很简单，但它们通常受到过音乐的指引，因为我总是边听音乐边写，当然，还有那些亲爱的老酒瓶子。

致威廉·帕卡德
1990年12月23日

[……]当一切都特别顺利时，不是因为你选了写作，而是写作选了你。那一定是你疯狂写作的时候，是写作充满你七窍、在你指尖跳舞的时候，是别无其他希望只有写作的时候。

以前在亚特兰大，我曾在纸棚屋里忍饥挨饿受冻，地上只有报纸，我找到一个铅笔头，开始在报纸边缘的空白处写东西，边写边意识到不会有人看得到我写了什么，那真是种致命的疯狂。我从来没把写作当成工作，我没定过什么计划，它也和学校无关。它就只是写作，就这样。

我们为什么会失败？是因为时代，或多或少和时代有关，我们的时代。半个世纪以来，一切都是空洞的：没有创新，没有强烈的能量，没有冒险。

什么？谁？洛威尔？那个乱蹦的蚱蜢？别对着我唱傻歌了。

我们只是在做我们能做的，而且我们做得并不好。

狭隘，被困了，我们还故作姿态。

我们非常卖力，我们努力尝试了。

别尝试，别干了，它就在那里，它正看着我们，痛苦地想挣脱束缚它的子宫。

上课？笨蛋才上课。

写诗就像拍打自己、就像喝啤酒那么简单。看，这就有
一首：

《*流动*》

母亲看到了浣熊，
我妻子告诉我。

哈，我说。

但这仅仅
只和今晚
事情的发展
有关。

– 1991 –

致约翰·马丁
1991年3月23日　上午11:36

　　我不停地有种感觉：我是个刚开始写作的作家。过去那种兴奋和惊讶都还在……这真是太疯狂了。我想太多的作家，当他们在这个游戏里待了一段时间后，他们就开始变得拿腔捏调、小心翼翼，他们怕犯错误。但只要你掷骰子，你有时就难免会输。我喜欢保持松弛和自由。一首紧张的好诗当然也是可以的，但那通常需要你在其他地方花很大劲儿。我知道我有时写的也是废话，但我不管它。就敲着这面鼓，感受它里面令人满足的自由。

　　我已经度过了大量的大片的大胆的大好时光，到目前为止，众神终于允许我庆祝一切了，这感觉真奇怪。但我会接受的。

致约翰·马丁
1991年4月11日　凌晨1:42

　　我现在可能确实写得太多了，对我来说，不写不行。我写得入迷。

　　于大脑深处，我一直记得在亚特兰大的日子，现在我会不停地尽我所能回想当时的情况，那时我正忍受着饥饿，神志不清，但当我用铅笔头在报纸空白处开始写作的时候，也许我还算清醒。那些报纸是房东铺在泥地上当地毯用的吧。不发疯吗？当然发疯，但那是一种好的疯，我宁愿这么去想。无法忘记当时的情形，永远。在文学方面我受过最好的训练，那是任何人都无法相比的。我总是设法冲破各处的天花板，并且说到做到。

致约翰·马丁
1991年4月13日　上午12:20

　　不小心错买了这种绿色的纸，不过我感觉用起来还挺好的。

　　刚刚签了一些给菲德尔·卡斯特罗的书。我没什么政治倾向，但到了他该读读黑雀出版的书的时候了，不是吗？

致帕特里克·弗伊

1991年4月15日　晚8:34

　　谢谢诗和照片，都很好。不，我非但不是竞技狂人，我还是失败的学生，已经在它那里上过很多课。

　　想好了要告诉你你之前寄来的东西很好读。你高贵又孤独地对抗着这个世纪里历史上那些荒诞的蠢事。你能坚持和不平等的一切对抗，这令我很惊奇。我相信你的观点都很中肯。但既往的宣传几乎让所有人都明显接受了那些致命的谎言。他们不可能回头，也不可能消除已犯的错误，因为那样的话，我们自以为是的领导和我们的历史英雄，都将被揭露为大骗子。想想那些因为所谓的伟大目标而逝去的数百万生命。所有这些生命，他们都得承认是被白白牺牲掉的，而且并非因为什么正确原因，而是因为错误的原因。这个荒谬的游戏已经过去太久，以至于太难去校正它，它会把所有人都逼疯逼怒，男人和女人们。但最恐怖的是，现在这个游戏还在继续，不是以从前那种方式，而是以更无人性的手段散播着贪婪和恐惧，那些更大的骗子们被训练和打磨得如此之好，人们将会更加对他们深信不疑的。

　　作为少数几个清醒者，我们能做的就是保护好自己，让我们的头脑不至于在现实中沦陷，那一轮轮猛攻已经几乎抹去了所有人类的感知力。

致约翰·马丁
1991年7月12日　晚9:39

在什么地方读到过亨利·米勒成名后就停止了写作，那可能就意味着他是为了名气才写作的。我无法理解。没有什么事能比在纸上写出一行行句子更有魔力、更美好。全部的美都在这里了。一切都在这里。任何奖赏也都没有写作本身更伟大，随之而来的一切都是次要的。我无法理解那些停止写作的作家们，那就好像把你的心摘下来，再把它丢进下水道冲走。我会写到我咽下该死的最后一口气，不论别人觉得我写得好或不好。终点就像起点一样。我说到做到，这既简单又深奥。现在我就要打住这封信，这样我才能去写点别的东西。

– 1992 –

致约翰·马丁
1992年1月19日　上午12:16

附了简短的日记。

谢谢你给我的销售明细。真的太有趣了，你同时在卖这18 本书，并且它们一直都有销量。这对我来说很陌生，不过我为自己的每一本书感到骄傲，事实上它们也仍然生动、有活力。关于旧书名的问题，随着时间的推移，它们好像多了一种特别的风味（我是指原有的书名），就像它们自己一直在那里发酵着。嗯，这很好，是个安静的奇迹。

当然最好的奇迹是，我们还在做这件事。你从来没放弃过，我有时却不知道要做什么。我们过去的合作总是那么和谐，一直互相信任。我都不记得我们之间曾有过任何一次争吵了。

谢谢你，老朋友。这太美好了。

致威廉·帕卡德

1992年3月30日　晚8:24

[……] 谢谢你随信寄来的东西，我喜欢你的《爱情骗子》这首诗。你知道怎么写是成立的，以及怎么写无效。也谢谢你寄来的教学大纲，我很荣幸能和庞德、洛尔迦、威廉姆斯和奥登同时出现在一张纸上。《知更鸟祝我好运》。说到庞德，几十年前，我在和一个女人同居，我那时穷到无法养家，我们是怎么过日子的呢，我们不停地喝酒，我现在真对那时的状态感到惊讶，尽管我当时压根没想太多。总之，在少数没有喝醉的时候，我经常会去图书馆。有次我打开家门，手里抱着一本厚厚的书站在那里，她从床上抬起眼看着我说："你又去他们那里借那本该死的《诗章》啦？""是的，"我告诉她，"我们不能每时每刻都只是做爱吧。"

杰克·格瑞普斯是文学杂志《在公交车上》的编辑，他发表了一大组布考斯基的诗歌和日记，组成了一个"布考斯基专刊"。格瑞普斯还为布考斯基的诗歌写了评论。

致杰克·格瑞普斯
1992年10月22日　晚0:10

谢谢你那封写得很好的信，谢谢你给我看了你给《它的手抓住了我的心》写的文章，同时也谢谢你告诉我你做了那个专栏，32页，真不错呢！

你知道《它的手抓住了我的心》是过去的作品了，那真是个奇怪的时间，那时我已经不算年轻。现在，72岁在追赶着我，这种感觉很像在工厂里艰难度日，或者像是在忍受一段糟糕的同居关系。我觉得还是想写作，我能感觉到文字在拍打着稿纸，我依然像曾经那样需要写作。[……] 写作曾让我免于发疯，让我不至于被杀或自杀。我依然需要它：现在，明天。直到停止呼吸。

现在宿醉的问题更严重了，但我还能起床，坐进车里，开到马场。我有自己的玩法，其他赌徒从来无法打扰到我。"那个家伙从不和任何人说话。"

到了晚上，有时我会对着电脑，如果没什么灵感，我也不勉强。除非词语从你身体里向外跳，否则就别想它了。有时我不会靠近电脑，因为没有什么值得写的东西，我是死了还是在休息，只有时间知道答案吧。但直到下一行文字出现在屏幕上之后，我才会死。这事儿也谈不上神圣，但我太需要它了。嗯，是的，有时我也试着做些普通人都会做的事：和我妻子聊天，喂我的猫，坐在那里看电视，如果我愿意的话也会翻翻报纸。也有些时候我早早就睡了。活到了 72 岁这个岁数，是另外一种冒险。等我 92 岁时回顾今天应该会笑吧。不，我活到现在已经足够了，后面的日子都太像在一个相同的电影里，除了我们都比电影里的人看上去更难看一些。我从没想过我能活到今天，也没想过何时会离开，我会做好准备的。

– 1993 –

> 布考斯基在长达 40 多年的时间里，都未能在《诗歌》杂
> 志上发表过作品，最终，在去世之前，他的三首诗发表
> 在了这本杂志上。

致约瑟夫·帕里西
1993年1月1日　晚10:31

　　我记得，我非常年轻的时候，就曾坐在洛杉矶公共图书馆里，读着《诗歌：一本诗的杂志》。现在，最终，我加入了你们。我想这是件一直等待我们双方都做出决定的事情。总之，我很高兴给你们寄去了诗稿。[……]

　　谢谢你。新的一年对我真不错。我想说的是，词语正在我眼前形成、搅拌、旋转、飞舞。我变得越老，这件神奇又疯狂的事越不断地降临到我身上。非常奇怪，但我乐于接受。

编者后记

为了找到布考斯基关于写作的最有深刻见解的书信，我翻阅了近2000页他未发表过的各种通信，偶然发现了各种此前从未看过的珍宝：他鲜为人知的写给亨利·米勒、惠特·伯内特、凯亚瑟·克罗斯比、劳伦斯·费林盖蒂的信，以及写给他的文学偶像约翰·芬提的信；一份被遗忘的关于布考斯基最受欢迎的作品之一《勃起、射精、展览和正常疯子的普通故事》的彩色简介；布考斯基为他的第一本荷兰语作品《醉酒的奇人和其他贡献》而写的简历，这是这份简历第一次以英文发表；一份未完成的诙谐的文学杂志，名字叫《厕纸评论》。还有一些布考斯基早期的信，那时他会故意使用一种明显很华丽、刻意的语气。另外还有一些令人激动的插图，现在也是第一次面向公众。这些罕见又珍贵的材料，连同布考斯基那些充满激情的信，让这本书信集自然而然地像他的其他作品集那样引人注目。确实是这样，这里面有布考斯基最好的特质：生猛，机智，动人，干脆利落，毫不留情。

就大部分内容而言，这些书信都有明显的即时性，布考斯基很少说套话，他在每一封信里都侃侃而谈，以满腔真实的热情讨论着各种日常事件，就好像布考斯基是在以写信的方式写诗——他自己也不断声明信和诗歌同样重要。同时，有些信读起来很像故事，就像他真的是在写一个构思严谨的短篇小说。对布考斯基来说，诗歌、小说、书信都同属一个范畴：艺术。就连面对第一次通信的人，他也总保持着相同的热情，他写给爱德华·范·艾尔斯汀和杰克·康罗伊的信也完全是布考斯基式的，和他写给朋友、编辑、保持联系很长时间的诗人的信一样真诚。对布考斯基来说，这其中没什么不同，信只是一种他表达自我的媒介，不论这些信是写给谁的。

自发偶然性在布考斯基书信里也很突出，大多数信里都有很多他的第一念和一瞬间的最佳想法，不管是写给朋友还是写给敌人，从他充满荣耀的第一人称里，传出的都是他有力的声音。布考斯基的书信剔除了一切浮夸伪饰，成为他那一刻情绪的透明又清晰的快照。不论是他充满激情地发表着关于其他美国著名作家们的言论，还是当他刻薄地批评着那些当代诗人，他创作时无拘无束的态度也非常明确地体现在了他的书信里。自始至终，布考斯基都是同一个布考斯基。

当然其中也有一些值得注意的例外。在他写给惠特·伯内特、凯亚瑟·克罗斯比、亨利·米勒和约翰·芬提的信里，布考斯基的语调看起来多少有点不自然，甚至有些羞怯，就好像他不想让他们不高兴一样。再有就是，在 20 世纪 50 年代晚期的一些信里，他的文风更繁复，故意拿腔捏调，有种狂热的戏谑感，为了某种幽默效果，他引用了很多被他称为"字典词汇"的用词。这种情况在他那个时期的诗歌中也有体现，他早期有些诗就是令人费解而华丽的，而他后期的诗就有了"接近目的的一种清晰"，他曾这样评价过自己写于 20

世纪80年代的诗。20世纪60年代早期，他书信里的语调开始有了变化，特别是当他开始和乔恩·韦伯、威廉·考灵顿通信之后。早期那种恶作剧式的措辞就被代之以直接的言说了。从那时起，布考斯基才开始成了大多数读者更熟悉的这个"布考斯基"。

对于早期和后期的布考斯基来说，写作都类似于一种无药可救的愉快的疾病，这些通信就展示了布考斯基有多么珍视写作给他带来的幸福。不管怎样，写作都是种他无法停止也不愿停止的自然力量，像一条在暴风雨中不知要把他带往何处的汹涌的河。布考斯基很少遭遇作家们会遇到的瓶颈期，他在长达50多年的时间里都勤奋地保持着日常写作。在1987年的一个采访里他生动地表达了对写作的强烈欲望："如果我有一周没有写作，我就会生病，我就开始无法说话，我会晕眩，我躺在床上动不了，我会吐，第二天早晨起床后就感到窒息。我必须去打字。如果有人把我的双手砍了，那我就用双脚打字。"他勤勉又有纪律的天性决定了什么才是真正令他感到幸福的："任何奖赏都没有写作本身更伟大，随之而来的一切都是次要的。"20世纪90年代早期他这么吐露过心声。再加上布考斯基一贯对于写作中强烈愉悦感的强调，他得到了一个显而易见的经典结局：寓教于乐，就像贺拉斯在无数世纪以前说过的那样。

常年居住在他位于洛杉矶的公寓，布考斯基过着与外界隔绝的生活。他完全不关心外面发生了什么，当被指责缺席了20世纪60年代时，布考斯基冷漠地回复说："见鬼，嗯，我那时在邮局上班呢。"和他在大苏尔的偶像罗宾逊·杰弗斯一样，布考斯基在完全孤独的状态下兴奋地写着；和费奥多尔·陀思妥耶夫斯基笔下生活在地下室里的男人一样，他从他隐蔽的窝里投出那些燃烧弹，让读者和出版商都目瞪口呆。在没有机构支持的情况下，布考斯基孤注一掷地发射着他那些永恒的导弹，对抗并搅动着紧绷的文学界。恰恰是这种对永恒的坚持让他的作品持续流传并令人难忘。

布考斯基生于德国，在洛杉矶长大，家庭环境中爱与感情的缺失，塑造了布考斯基坚硬与独立的个性。他看待世界的角度近乎是尼采式的。作为一个内心绝望的人，年龄又比那些新兴作家大，对于那些时髦的流行趋势，比如20世纪60年代的反主流文化或肤浅的主张爱与和平的思潮，布考斯基一贯持一种轻蔑的态度。他最看不起的就是那些既喜欢扎堆又爱标榜自我中心主义的流行团体，比如看上去更喜欢站在聚光灯下而不是踏踏实实写作的"垮掉的一代"。布考斯基把自己从那种喧嚣的气氛中隔绝了出来。

骨子里他就是一匹孤独的狼。布考斯基喜欢引用萨特的话"他人即地狱"，当然他也从来没有否定过自己受到过很多作家的影响。酒和古典音乐也对他的写作有重要的影响，可能和那些他尊敬的作家、他不断在信中表达过谢意的作家对他的影响一样多。他也反复表达了对那些小出版社的编辑们的感谢，特别是对乔恩·韦伯、马文·马龙的谢意，当然还有约翰·马丁以及他们俩一起完成的"充满魔力的旅程"。与此同时，布考斯基也反复贬低了那些公认的伟大作家，包括莎士比亚和福克纳。很多当代作家也在他的攻击之列：卡洛儿·伯格、罗纳德·西利曼、亨利·米勒（还有他喋喋不休的"星际迷航"），罗伯特·克里利也被他尖锐地攻击过，但一反常态的是，在 20 世纪 70 年代早期布考斯基改变了他对克里利的态度，承认他以往的批评是自己多虑了。布考斯基曾多次说过，他写作并不是因为觉得自己能写得有多好，而是因为看见别的作家们都写得太差了。

无论从哪个标准来看，布考斯基都不算是一个受过良好教育的人，他仅仅在大学里待过一年半，不过他很为自己年轻时读过洛杉矶公共图书馆里数不清的书而感到自豪。尽管他总是拼写错很多知名作家的名字，这个臭名昭著的粗鲁又醉醺醺的好色之徒却能几乎一字不差地引用那些早已被人遗忘的中世纪诗歌，以及尼采的警句、莎士比亚的诗句、惠特曼和其他文学巨匠们的各种诗句。这个看似无知的老淫棍确实太了解美国文学了。

不仅如此，布考斯基对语法问题也非常挑剔。在 1959 年 4 月 2 日写给安东尼·林尼克的信里，"别妨碍我们公平"（leave us be fair）和"让我们是公平的"（let us be fair）这两个短语让他纠结半天，布考斯基用他特有的诙谐的方式对抗着语法规则。另外，如果那些文学杂志的编辑们在发表他的诗歌时不小心犯了排印错误，布考斯基会表现得特别生气，气急败坏地大肆抨击他们。作为一个多产的作家，布考斯基几乎没有时间修订作品，他可能对排印错误表现得太苛刻了——当然理当如此——这些错误对当时发表他作品的小油印杂志来说很常见。

一些非写作的事情，比如给全世界上百份文学杂志投稿，对布考斯基来说都是浪费时间。他经常对他的长期合作编辑约翰·马丁说，他觉得为黑雀出版那些特别版本画大量的插图严重耗尽了他的精力，他觉得根本没必要那么做。有时布考斯基会爆炸，感觉马丁把他当作"白痴"，他会冷嘲热讽地回应马丁的需求说："好的，父亲。"有趣的是，当安妮·沃尔德曼和艾伦·金斯堡在20世纪70年代同时邀请布考斯基去纳罗帕大学授课的时候，他拒绝了他们。对布考斯基来说，最重要的事情永远是去写下一行，投稿、画画、临时授课等事情都只会令他心烦意乱。写作才是他的支柱和靠山，他不停地攀登着。

在这本书信集的最开始，年轻又落寞无名的布考斯基写信问哈莉·伯内特能不能在《小说》杂志谋得一份工作，到这本书的最后，几乎也就是布考斯基离世的一年前，他已经获得了远远超越最初梦想——成为一个小杂志社作者——的名气，他在最后一封信里率真地感谢了编辑约瑟夫·帕里西，为《诗歌》在长达数十年坚决的拒稿后终于发表了他的作品。这些信无不展示了布考斯基顽固的坚持，让我们看到没有什么可以阻碍他对成功和认可的饥渴追求，告诉我们写作这个疾病对他来说是不能也不愿被治愈的。从作为一个非常年轻的艺术家开始，布考斯基就有系统地培养自己在文学方面的特质，这也确实最终使他成了"布考斯基"这个人物，他也将和他的作品一起幸福地长存于世。他的这些书信，为我们提供了一个独特的视角，让我们看到他如何通过一生不懈的努力终于成为一个文学巨匠。

现在这些信属于你们了，连同它们所有粗粝又强悍的荣耀。

阿贝尔·德布瑞托

于西班牙特纳利夫岛

2014 年 8 月

致谢

本书编辑和出版人想要对信件的拥有者表达感谢，它们
是以下这些机构：

亚利桑那大学，特藏馆

布朗大学，约翰·海图书馆，普罗维登斯

加利福尼亚大学，班克罗夫特图书馆

加利福尼亚大学，特藏馆，洛杉矶

加利福尼亚大学，特藏馆，圣芭芭拉

加利福尼亚州立大学，波拉克图书馆，富勒顿

圣塔利大学，塞缪尔·皮特斯学术图书馆，什里夫波特，
路易斯安纳

哥伦比亚大学，珍贵文献和手稿图书馆

亨廷顿图书馆，圣马力诺，加利福尼亚

印第安纳大学，莉莉图书馆

纽约州立大学布法罗校区，诗歌和珍贵文献馆

普林斯顿大学，珍贵文献特藏馆，新泽西

南加利福尼亚大学，珍贵文献馆

南伊利诺伊大学，莫里斯图书馆，卡本代尔

同时也向以下杂志致谢，有些信最初是发表在它们上面的：

《北科罗拉多评论》
《事件》
《中场休息》
《纽约季刊》
《烟雾信号》

最后同样真挚的谢意献给为我们提供信件的以下作家和友人：

迈克尔·安德烈
安东尼·林尼克
克里斯塔·马龙
A. D. 维南斯

杂志报纸译名对照表[1]

《小说》*Story*

《作品选集》*Portfolio*

《矩阵》*Matrix*

《裸耳》*Naked Ear*

《凯尼恩评论》*Kenyon Review*

《胚胎》*Embryo*

《绅士》*Esquire*

《腔调》*Accent*

《写作》*Write*

《堂吉诃德》*Quixote*

《丑角》*Harlequin*

《实验》*Experiment*

《游牧者》*Nomad*

《存在咏叹调》*Existaria*

《贝洛伊特诗歌杂志》*The Beloit Poetry Journal*

《灵车》*Hearse*

《途径》*Approach*

1　为方便读者查询，基本按这些报纸杂志在书中出现的顺序为准。

《指南针评论》 *The Compass Review*

《水银》 *Quicksilver*

《插页》 *Insert*

《奥利温特》 *Olivant*

《观点》 *Views*

《强制评论》 *The Coercion Review*

《海岸线》 *Coastlines*

《绞架》 *Gallows*

《旧金山评论》 *The San Francisco Review*

《船帆评论》 *The Galley Sail Review*

《目标》 *Targets*

《追踪》 *Trace*

《大西洋月刊》 *Atlantic Monthly*

《雀鸟》 *Sparrow*

《局外人》 *Outsider*

《生活》 *Life*

《纽约客》 *New Yorker*

《远射诗歌》 *Longshot Poems*

《福尔德》 *Folder*

《西北书评》 *Northwest Review*

《某／事》 *some/thing*

《格兰德·荣德评论》 *Grande Ronde Review*

《中场休息》 *Intermission*

《洛杉矶自由报》 *Los Angeles Free Press*

《被逐者》 *Outcast*

《格里斯特》 *Grist*

《常青树》 *Evergreen Review*

《叙事诗》 *Epos*

《诗歌季刊》 *A Quarterly of Verse*

《开放的城市》 *Open City*

《笑文学和驼峰枪男人》 *Laugh Literary and Man the Humping Guns*

《地下笔记》 *Notes from Underground*

《醉酒的奇人和其他贡献》 *Dronken Mirakels & Andere Offers*

《苦艾书评》 *Wormwood Review*

《爆炸》 *Blast*

《诗歌：一本诗的杂志》 *Poetry: A Magazine of Verse*

《十年》 *Decade*

《明镜周刊》 *Der Spiegel*

《坎迪德报》 *Candid Press*

《诺拉快报》 *Nola Express*

《骑士》 *Knight*

《亚当》 *Adam*

《皮克斯》 *Pix*

《亚当读者》 *Adam Reader*

《未戴口套的公牛》 *Unmuzzled OX*

《游戏厅》 *Arcade*

《纽约季刊》 *New York Quarterly*

《哈珀斯》 *Harpers*

《纽约时报书评》*The New York Times Book Review*

《好色客》*Hustler*

《花花公子》*Playboy*

《吹》*Blow*

《滴水嘴怪》*Gargoyle*

《梧桐评论》*Sycamore Review*

《北科罗拉多评论》*Colorado North Review*

《在公交车上》*onthebus*

《事件》*Event*

《烟雾信号》*Smoke Signals*

图书在版编目（CIP）数据

关于写作 /（美）查尔斯·布考斯基著；里所译
. -- 北京：中国友谊出版公司，2021.3（2022.1重印）
书名原文：On Writing
ISBN 978-7-5057-5144-6

Ⅰ.①关… Ⅱ.①查… ②里… Ⅲ.①书信集—美国
—现代 Ⅳ.① I712.65

中国版本图书馆 CIP 数据核字（2021）第 035511 号

著作权合同登记号　图字：01-2021-1968

书名	关于写作
作者	［美］查尔斯·布考斯基
译者	里　所
出版	中国友谊出版公司
发行	中国友谊出版公司
经销	新华书店
印刷	河北鹏润印刷有限公司
规格	840×1194 毫米　32 开
	10.5 印张　260 千字
版次	2021 年 4 月第 1 版
印次	2022 年 1 月第 2 次印刷
书号	ISBN 978-7-5057-5144-6
定价	69.90 元
地址	北京市朝阳区西坝河南里 17 号楼
邮编	100028
电话	（010）64678009

如发现图书质量问题，可联系调换。质量投诉电话：010-82069336

磨铁诗歌译丛

已出版

磨 铁 读 诗 会